小学館文庫

ブレイブハーツ　海猿

大石直紀　脚本 福田靖
原作 佐藤秀峰　原案・取材 小森陽一

小学館

プロローグ

腕立て伏せをしていると、すでにこの世を去った二人の男の顔が脳裏に浮かぶときがある。

別に意識して思い出そうとしているわけではない。

腕を折り、
腕を伸ばす――。

その単純な動作を繰り返しているうちに、頭の中の雑念がこそげ落ちていき、まるで白い靄《もや》が少しずつ晴れるようにして、顔が浮かび上がってくるのだ。

この日もそうだった。

仙崎大輔《せんざきだいすけ》は、誰もいないロッカールームで、ひとり自主トレーニングを行なっていた。

鉄棒にぶら下がっての懸垂、バーベルを使った筋トレ、そして二十キロのプレートを抱えた腹筋運動――。

最後が、百回の腕立て伏せだ。

床に両手をつくと、大輔はゆっくり上半身を倒した。
一――、
二――、
三――、
息を吐き、吸いながら、心の中でカウントを始める。
身体《からだ》はまだ軽い。
このとき思い浮かぶのは、たいていは今年三歳になる息子、大洋《たいよう》のことだ。その可《か》愛《わい》らしい笑顔が、今の大輔の一番のエネルギー源になっている。
三十回を超えたぐらいから、次第に大洋の顔に靄《もや》がかかってくる。
四十五――、
四十六――、
四十七――、
上半身の筋肉が波打ち、顎《あご》の先から滴り落ちた汗が床に染みを作る。
大洋の顔が消え、頭の中が真っ白になっていく。
まず浮かぶのは、工藤始《くどうはじめ》の屈託のない笑顔だ。
工藤は、海上保安大学校・潜水士課程の同期生で、初めてのバディだった。志は高いが技術が伴わず、訓練でも失敗ばかりで、その罰として、よくいっしょに腕立て伏せをやらされた。同期生の仲間たちの励ましもあって、工藤は必死で厳しい訓練に耐えたが、休日に出かけた海で溺《おぼ》れた人を救助しようとして、逆に命を落としてしまった。

海が好きだから、という理由だけで海上保安庁に入庁した大輔だったが、このとき初めて人命救助の本当の意味を思い知らされた。人の死は、周りの人間を悲しみのどん底に突き落とす。人の命を救うとは、要救助者を助けるというだけでなく、救助者の周りにいる人たちをも救うことなのだ。

以来、大輔の胸の中には、いつも工藤がいる。

八十五――、

八十六――、

八十七――、

筋肉が悲鳴を上げ始める。

腕が強張《こわば》り、身体が重くなる。

しかし逆に、意識はどんどん研ぎ澄まされていく。

次に浮かぶのは、池澤真樹《いけざわまさき》の仏頂面だ。

巡視船『ながれ』に配属になったときのバディだが、特殊救難隊の隊員であることに強いこだわりとプライドを持っていた池澤は、最初、大輔のことなど歯牙《しが》にもかけなかった。しかし、目の病気から、潜水士としての任務が続けられないことがわかると、大輔を一人前の潜水士に鍛え上げることを決意し、厳しい訓練を課すようになった。そしてとうとう、本当のバディとして認めてもらえるまでになった。

今の大輔があるのは、間違いなく池澤のおかげだ。

『ながれ』の甲板に並び、競い合うようにして腕立て伏せを繰り返したことが、昨日のことのように思い出される。

池澤は、彼ら夫妻の子どもが生まれた同じ日、シージャック犯の凶弾に倒れ、大輔の目の前で息を引き取った。そのときの光景は、今でもときどき夢の中に現れる。

九十八――、

九十九――、

百――。

大きく息をつくと、大輔は立ち上がった。

二度、三度と首を回し、肩を軽く上下させる。

壁際に並んだロッカーに歩み寄り、扉を開ける。息を整えながらタオルで身体を拭《ふ》くと、大輔はユニフォームを取り出した。

その胸には「特殊救難隊」の文字。

このユニフォームに腕を通す度に、大輔は気持ちが高揚するのを感じる。池澤のバディになったときから、このステージに上がることを夢見てきた。数か月前、ようやくその夢が叶《かな》ったのだ。

海上保安業務は、通常、全国で十一管区に分けた地域それぞれで行なわれるが、海難救助において、唯一、全《すべ》ての管区にまたがって救助活動を行なっている組織がある。それが、海上保安官一万三千人の中から選ばれた精鋭三十六人からなる「海上保安庁特殊救難隊」、略して「特救隊」だ。

特救隊は六チームに分かれて構成されており、出動要請があれば、羽田空港施設内の基地から、日本全国どこにでも駆けつけ救助活動を行なう。

潜水士や機動救難士では手に負えない特殊な海難救助が主な任務で、火災爆発やLPガスなどの化学性危険物にも対応しなければならないため、任務は常に死と隣り合わせだ。そのため、日々過酷な訓練を行ない、体力・潜水能力・判断力を鍛え続けなければならない。

正直つらいことも多いが、これほどやりがいのある仕事はない。池澤が、特救隊に強いこだわりとプライドを持っていた理由がよくわかる。

ユニフォームを身につけると、大輔は両手で顔を叩《たた》いて気合を入れた。

海難事故など起きないに越したことはない。しかし、万が一に備えて、いつでも出動できるよう備えておかなければならない。

仙崎大輔はロッカールームを飛び出した。

I

1

「水面よーし！　仙崎大洋！」

大輔の陽気な声がリビングに響いた。

抱きかかえられた大洋は、キャッキャとはしゃいだ声を上げている。

——また親バカやってる。

ダイニングのテーブルでシチューを器によそいながら、環菜《かんな》は、呆《あき》れた顔を父と子に向けた。

環菜の向かい側には、大輔のバディの吉岡哲也《よしおかてつや》、そしてその隣には吉岡の恋人の矢《や》部《べ》美《み》香《か》が座っている。

「行きます！」

高い高いをするように大洋を持ち上げると、大輔は、

「ドボーン！」

と声を上げながら、足から真《ま》っ直《す》ぐ床に降ろした。

「ブクブクブク——」

今度は、気泡が吐き出される音を出しながら仰向《あおむ》けに寝転がり、大洋を水平に持ち上げる。

──まったく、もう……。

環菜は小さくため息をついた。大輔の超親バカぶりにも困ったものだ。

部屋の中は、大洋のために大輔が買ってきたおもちゃで溢《あふ》れている。壁には大洋が描いた絵が何枚も貼《は》られ、寝室として使っている和室の襖《ふすま》にはクレヨンの落書きがある。大洋が何をやっても大輔は叱《しか》らず、ただ目を細めて見ているだけだ。

少々甘やかし過ぎだと思うが、気持ちはわからないでもない。

生まれたとき、大洋は千グラムもない超未熟児で、生きているのが不思議なくらいだったし、その後の成長も遅かった。それが今ではこうして、同年齢の他の子どもたちとほとんど変わらないまでに成長した。大輔は、そんな息子が、可愛《かわい》くていとおしくてたまらないのだろう。

「残圧は常に確認しろよ、大洋！」

命令口調でそう言うと、大輔は、海中を泳いでいるかのように、大洋の小さな身体《からだ》を小刻みに揺らした。

上になった大洋は、大輔を真似《まね》して、スーハースーハーと、口から息を吐いたり吸ったりしている。

――全く、呆れてものも言えない。

「食べましょうよ、大輔さん」

環菜にかわって、吉岡が声をかけた。

「せっかく環菜さんが作ってくれてるんすから」

テーブルの上には、環菜手作りの料理が並んでいる。でも大輔は、大洋と遊び始めると止まらない。

「放《ほ》っとこう」

苦笑いを吉岡に向けると、

「はい、美香ちゃん」

環菜はシチュー皿を差し出した。

「ありがとうございます」

手を伸ばして美香が受け取る。

美香は、吉岡より五つ年下の二十五歳。目のぱっちりした美人で、しかも仕事は国際線のCA。どこからみても吉岡とはつり合わないが、それでも何故《なぜ》か二人はうまくいっているようだ。

「よし大洋、まんま食べよう」

ようやく大輔が腰を上げた。

「まんま。大洋！　まんま。よーし、よしよし。おいしいぞ。座って座って」

言いながら、息子をベビー椅子《いす》に座らせる。

「はい、まんまの前にボンベ降ろせる人」

「ボン、べ、おろす」

拙《つたな》い口調ながら大洋が復唱すると、吉岡は目を丸くした。

「おー、すげえじゃん、大洋。覚えたな」

吉岡に頭をなでられ、満足そうな顔で大洋が笑う。

「遠慮すんなよ、美香ちゃん」

美香に向かって大輔は笑顔を向けた。

初めて訪ねて来たためか、美香はまだ緊張しているように見える。大輔にもそれがわかったのだろう。

「こいつなんて、鹿児島でも、しょっちゅうウチに飯食いに来てたんだから」

「吉岡くん、いつもメールに書いてくれます。今日は大洋くんのお誕生日会したんだとか、環菜さんたちの結婚五周年のお祝いしたんだとか」

「うんうん」

嬉《うれ》しそうに吉岡がうなずく。

「いや、ホントはね、美香ちゃんと会えないから寂しくてウチに入り浸ってただけだから。なっ」

どつくように吉岡の肩を叩《たた》くと、大輔は立ち上がった。隣のキッチンに入り、冷蔵庫から缶ビールを取り出す。

「大輔さんも特救隊に来るとは、俺、嬉しいっす」

大輔が吉岡の前に缶ビールを置く。

「俺、ずっと大輔さんについて行きますから」

吉岡は真面目《まじめ》な顔でうなずいた。

特救隊は第三管区に所属しており、隊員はほとんどが横浜にある海上保安庁の官舎に住んでいる。

「それで、どうなのよ、お前ら。ちゃんと付き合ってるのか?」

大輔が訊《き》くと、吉岡は顔をくしゃくしゃにして笑った。

「はい。今じゃもう、ガッツリ、付き合ってます」

「やめてよ」

　美香が顔をしかめる。

「え。なっ、なんで？」

「恥ずかしいでしょ」

「いやっ」

　吉岡は、大輔と環菜のほうに身を乗り出した。

「恥ずかしいですか？　人ん家《ち》でいちゃいちゃしやがって、コノヤロー」

「うるせえな！　ガッツリって」

　その額を大輔が指ではじく。

「別に、いちゃちゃしてないっすよ」

　吉岡は横に顔を向け、

「なあ」

　同意を求めるが、美香は怒ったように眉《まゆ》をひそめた。

「すいません、もう」

「いやっ。すいませんって」

「いいのよー」

　環菜が慌てて取りなす。

「ウチなんて、ウチなんて――」

大輔は、隣に座る環菜のお腹《なか》に手を伸ばした。

「もう二人目がガッツリ産まれるもんなー」

大声でそう言うと、大輔は吉岡と顔を見合わせ、ワハハハ――、と笑い声を上げた。

環菜は、妊娠四か月目に入ったところだ。

「そうですよ。良かったなあ」

吉岡も嬉しそうだ。

「大洋。お前、お兄ちゃんになるんだぞ」

「お兄ちゃんになるんだぞ」

大輔が大洋の頰《ほお》をつねる。

「大洋くんも将来は海上保安官になるの？」

大洋の顔を覗《のぞ》き込みながら美香が訊くと、

「ええー。勘弁してよ、もう」

環菜が思わず声を上げた。

毎日大輔の心配をしながら生活しているのに、将来息子の心配までさせられてはたまらない。

「うおっ、入れ入れ、大洋。パパの跡を継げ」

吉岡が煽《あお》る。

「いやいや」

大輔は眉間《みけん》に皺《しわ》を寄せた。

「男は親を超えなきゃ。大物にならなきゃダメよ」

「大物って、総理大臣とかっすか？」

「総理大臣？」

美香は、呆気《あっけ》にとられた顔で吉岡を見た。

「なんでいきなり、そこに行くの」

嘆息混じりに環菜が漏らす。

「小さい小さい。世界のトップだよ」

大輔は両手を広げた。

「世界っすか」

「イエス！　世界だよ。アメリカ大統領になれ、大洋！」

環菜は頭を抱えた。

「いやいやいや、大輔さん、アメリカ大統領は、ほら」

「おう、英語ができなきゃな」

「そう！」

「イエス！　言ってみろ大洋。エイ、ビイ、スィ」

「やめて、大洋にバカがうつる！」

環菜は、両手で大洋の耳を塞《ふさ》いだ。

――誰かこのおバカコンビを止められないものか。

「エイ、ビイ、スィイ」

「スィイ」

「やめてよ、もう」

環菜はつくづく呆れ果てていた。

大輔も吉岡も、任務に就いているときとそれ以外のときの落差が大き過ぎる。それが魅力だといえなくもないが、初めて来てくれたお客さんの前でこれでは、妻として恥ずかしい。

「違う、シィーじゃない、スィーだよ。舌を噛《か》んでスィーだよ」

――まだ言ってる。

「やめて！」

環菜は癇癪《かんしゃく》を起した。それでも大輔と吉岡は止まらない。

「エイ、ビイ、スィ、からのディー、みたいな」

「そこだけネイティブ！」

「何わけのわかんないこと言ってんのよ！」

環菜が手にしているおたまを振り回す。

そんな三人の様子を、美香は楽しげな顔で眺めていた。


吉岡と美香が帰ると、環菜は、ぐずる大洋をなだめて寝室に連れて行った。

お客さんが来て興奮したせいか、なかなか寝ついてくれなかったが、大輔が風呂《ふろ》に入っている間に、ようやくスヤスヤと寝息を立て始めた。

大洋の寝顔は、まるで天使のようだ。

「可愛いよなあ」

大輔の声に振り返ると、タオルで頭を拭《ふ》きながら寝室に入って来るところだった。

「うん」

環菜がうなずく。

その横にしゃがむと、

いきなり大輔はあやまった。

「ごめんな、環菜」

「え？」

「子育てで大変なのに、特救隊に入りたいなんて」

「大輔くんのことだから、いつか言い出すだろうなと思ってた。人命救助の最前線にいたいんだもんね、大輔くんは」

切迫早産で大洋が生まれたとき、環菜も一時危険な状態に陥った。そのとき、大輔が潜水士を続けるかどうか迷っていたのを環菜は知っている。

でも、結局大輔は、続けることを選んだ。

そして、そう決めたからには、以前からの夢だった特救隊への入隊を目指そうとするのはわかっていた。第十管区機動救難隊の隊長への昇格が決まっていたにもかかわらず、大輔は特救隊への配属を希望した。

「大洋は、いつわかってくれるかな、俺の仕事のこと」

「わかるようになるまで頑張らなきゃね」

「うん」

「怪我《けが》しないで」

「ああ」

大輔が、手を伸ばして大洋の頬をなでる。

――心配しないで。

環菜は、心の中で大輔に呼びかけた。

――この子は私が守るから。あなたは頑張って自分の仕事をして。

大輔の広い肩に手を回すと、環菜はゆっくり身体をもたせかけた。

2

「CAー！」

戸川《とがわ》が素っ頓狂な声を上げた。

「そう。美香ちゃんはCA。キャビン・アテンダントなんだよ」

「C」を「スィー」と、おかしな巻き舌で発音しながら、得意げに大輔が説明する。

「本当か、吉岡」

山根《やまね》が吉岡を睨《にら》みつける。

戸川も山根も、大輔や吉岡と同じ「第二特救隊」に所属する隊員だ。ロッカールームで着替えをしながら、四人はお互いの妻や彼女の話で盛り上がっていた。

「まあ、そういうことです」

得意げに胸を反らすと、吉岡は余裕の笑みを浮かべた。

「なんで海上保安官がCAと付き合えるんですか」

戸川はまだ、信じられない、という顔をしている。

「いや、だから、彼女の実家が鹿児島でさ」

大輔が説明を始めようとしたとき、

「副隊長」

山根が緊張した声を上げた。

見ると、副隊長の嶋《しま》が、ロッカールームに入って来るところだった。

百八十センチを超える長身。四十三歳とは思えない細身で引き締まった体軀《たいく》。そして、人を射貫《いぬ》くような鋭い目。自主トレをしてきたのか、Tシャツの胸に汗の染みが浮き出している。

戸川、山根、吉岡は、直立不動の姿勢をとった。ベンチに座って編み上げブーツを磨いていた大輔も、弾《はじ》かれたように立ち上がり、背筋を伸ばす。

「おはようございます」

「おはようございます、嶋さん」

四人は口々に挨拶した。

「ああ」

ぶっきらぼうに言葉を返すと、嶋は、自分のロッカーの前で着替えを始めた。

嶋を見ていると池澤を思い出す。ただ、妻から「マーくん」と呼ばれて赤面したり、初めて生まれてくる子どもの名前を考えるとき「姓名判断」の本を必死で読みふけったりと、お茶目なところがあった池澤と違い、今のところ嶋には一分《ぶ》の隙《すき》も見られない。隊員の誰もが、嶋を前にすると緊張する。

しかし、今はまだ勤務の前だ。必要以上に嶋に気を使う必要はないだろう。

「それで、鹿児島で――」

大輔は話の続きを始めた。興味津々といった顔つきで、戸川と山根が大輔に目を向ける。

「こいつが地元の子と合コンやったときに、彼女が友だちに誘われて来ちゃったわけ。美香ちゃん、ちょうど里帰りしてたらしくてさ」

「それで知り合って、意気投合したってわけっすよ」

吉岡が補足する。

「こいつが特救隊に入って横浜に来たから、やっとこの春から毎朝デートできるようになったと――」

「デートじゃないですって！」

照れながら吉岡が大輔を遮る。

「よかったなー、吉岡」

いきなり両手で吉岡の頭を摑《つか》むと、大輔は、そのまま腕を前に突き出してロッカーにぶつけた。

「やめてくださいよー」

後頭部をさすりながら文句を言うが、吉岡は、まんざらでもなさそうな表情だ。それを、戸川と山根がうらやましげな顔で見ている。

「仙崎」

着替えを終えた嶋が、突然振り返った。

「はいッ」

大輔が顔を向けると、嶋は、音を立ててロッカーの扉を閉めた。

「仲がいいんだな、吉岡と」

大輔に真っ直ぐ視線を向けながら言う。

「こいつとはずっとバディだったんです」

笑顔で応《こた》えたが、その瞬間、嶋の眉間に深い皺が寄った。

「いいか。ここは少数精鋭の集まりだ」

四人の隊員を睨みつける。

「現場でパートナーを組むことはあっても、自分の命は自分で守るのが特救隊員だ」

「いや、それはもちろん――」

「特救隊は仲良しクラブじゃないんだよ」

押しつけるような強い口調で言うと、

「山根！」

緊張した面持ちで立っている山根に顔を向ける。

「はい」

「仙崎のほうが年上でも、ここじゃお前が先輩だろ。くだらないバカ話に乗ってどうする」

「はい」

「戸川！」

「はい」

戸川が、背筋を反り返らせる。

「お前もだ」

「すいません」

「すいません」

山根と戸川は、同時に頭を下げた。

鋭い目で大輔を一瞥《いちべつ》すると、嶋が足早にロッカールームを出て行く。

大輔と吉岡は、気まずい思いで顔を見合わせた。山根と戸川も、目を逸《そ》らすようにして着替えを始めている。

二人の先輩隊員にひとことあやまろうと、大輔が口を開きかけたとき――

壁のスピーカーが、救難信号音を発した。

四人の隊員が動きを止め、耳を傾ける。

〈大阪湾でタンカーとコンテナ船が衝突〉

緊迫したアナウンスが響いた。

〈タンカーが爆発炎上し、沈没。コンテナ船に数名の乗組員が取り残されている模様。現在五管機動救難士が対応中〉

大事故だ。間違いなく特救隊にも出動命令が下る。

大輔たちは、一斉にロッカールームを飛び出した。

3

「現在、中心気圧九四五ヘクトパスカルの台風が九州へ接近中。現場の大阪湾は大しけだ。コンテナ船の沈没も時間の問題だ」

第二特救隊隊長の角倉が、大阪へ向かうジェット機内でブリーフィングを始めた。角倉は四十五歳のベテラン隊長で、特救隊全隊の中でもリーダー的な存在だ。その周りには、大輔、吉岡、山根、戸川、そして嶋が集まっている。

角倉の前には、海図や天気図などの他に、現場の写真が置かれていた。大量のコンテナを山積みした大型船が、黒煙を噴き上げている。

「五管機動救難士が船内から三名を救助したところで、コンテナ船の積み荷からトルエンが漏れ始めたそうだ」

「トルエン、ですか」

山根が顔をしかめる。

「よりによって」

戸川も渋い表情だ。

「トルエン対応の注意点はわかってるな、吉岡」

「引火性が強く毒性もあり、許容濃度は五〇ｐｐｍ」

「これは特救隊でしか対応できない事案だぞ」

「はいッ」

現場写真の横には、コンテナ船の船体図面が広げられている。船の構造を頭に叩き込もうと、大輔は、さっきからじっと図面を見つめていた。

「コンテナ船が爆発炎上！　機動救難士全員退避！」

機内前方にいた通信士が、叫ぶように告げる。

第二特救隊のメンバー全員の顔が、同時に引き締まった。機動救難士が退避したということは、今後の救助活動は全《すべ》て特救隊に託されたということだ。大輔にとっても、吉岡にとっても、特救隊に配属されてから初の大仕事になる。

吉岡は、緊張に引きつった顔で唇をなめている。吉岡に視線を向けると、大輔は、落ち着け、というように目で合図を送った。

関西空港海上保安航空基地に着くと、そこからはヘリコプターに乗り換え、現場に向かう。

〈五管機動救難士、撤収完了。現在、コンテナ船に取り残されている要救助者を二名、目視にて確認〉

離陸するとすぐ、無線から報告が上がった。

「五管」と聞いて、大輔は、第五管区に所属する潜水士、服部《はっとり》の顔を思い出していた。二年前、天然ガスプラント施設『レガリア』に、要救助者三名と共に取り残され、決死の脱出を試みたときのバディだ。あのとき服部がいなかったら、自分は死んでいたかもしれない。

当時はまだひ弱だった服部は、今では一人前の潜水士になっている。撤収命令が下って、悔しい思いをしているだろうと思った。

ヘリは大阪湾上空を進んだ。

天候は荒れ模様で、波が高い。

その中での救助がどれほど困難か、容易に想像がつく。それでも、やらなければならない。

——絶対に誰も死なせない。

いつものように、大輔は誓った。

ほどなく、前方にコンテナ船が見えてきた。

後方部から真っ赤な炎が上がり、空高く黒煙が噴き上がっている。船体が傾いているのもはっきりとわかる。コンテナ船の周りは、警護するように数隻の巡視船が取り囲んでいる。

大輔は、甲板に積み上げられたコンテナの量を見て、一瞬言葉を失った。何百個あるかわからない。あの中にはトルエンだけでなく、他にも有害物質が積み込まれている可能性もある。

波に漂っているゴムボートの上に、数人の潜水士の姿が見えた。あの中に服部もいるはずだ。

——あとは任せろ。

こちらを見上げている潜水士に向かって、心の中で呼びかける。

コンテナ船の真上に出ると、甲板に二人の要救助者の姿が確認できた。うつ伏せに倒れたままほとんど動かない。このままではすぐにも波にさらわれ、海に転落すると思われた。

「トルエンの流出を確認」

海面を見ていた角倉が、無線で報告した。

「これより風上からのエントリーによる救助にかかる。降下者は嶋と仙崎。ライフゼム装着！」

「はい！」

嶋と大輔が早速装着にかかる。

「船の傾きが大きくなってきたな。行けるか？」

「行けます」

「大丈夫です」

手を止めることなく、嶋と大輔が応える。

操縦席の後ろに積まれた、「ホイスト」と呼ばれる小型クレーンの前で、それを動かす隊員「ホイストマン」が、嶋と大輔に合図を送った。

二人がＯＫサインを出すとすぐ、一気にドアが開かれる。

「導通結着、降下ロープ結着、カラビナ、安全環よし！　巻け！」

叫ぶようにして嶋が言った。

「気をつけてくださいよ！」

吉岡が拳《こぶし》を突き出す。小さくうなずき、大輔が拳を合わせる。

「確保解け！」

嶋は開いたドアから身を乗り出した。

「確保解いた！」

角倉が呼応する。

「降下準備よし。降下開始」

ホイストマンが声を上げると同時に、

「降下！」

嶋はヘリから飛び出した。

ワイヤをつたって降下する嶋の身体は、強風に煽られ、激しく揺れ動いている。機体から身を乗り出したホイストマンが、コントローラーを操って嶋を甲板へと誘導する。

続いて、大輔もヘリから降下した。

船に近づくにつれ、甲板で倒れている二人の乗組員の姿がはっきりと見えてくる。

——絶対に助ける。

改めて大輔は思った。

甲板に降り立ったとき、嶋は可燃性ガス測定器で検知を始めていた。

「可燃性ガス反応ゼロ。ライフゼム外す。これより要救助者のピックアップにかかる！」

「ライフゼム外す！」

大輔が嶋に続く。

波だけでなく、コンテナの上に溜《た》まった海水が、滝のように頭上から降り注いでくる。息をすることさえままならない。

それでも二人は、傾き、滑る甲板の上を、手すりをつたいながら要救助者の許《もと》に近づいて行った。

「大丈夫ですか！」

倒れている乗組員を抱き起こすと、大輔は大声で呼びかけた。

「大丈夫ですか！　海上保安庁です！」

呼びかけに応え、乗組員は薄《うっす》らと目を開けた。大輔の手を握り返してくる。

「嶋さん、意識あり！」

嶋が抱き上げたもうひとりの乗組員も、目を開けている。

「意識あり！　これより吊《つ》り上げ準備にかかる」

無線に向かって嶋は怒鳴った。大輔に合図を送り、すぐに吊り上げの準備にかかる。

ワイヤの先に装着した救命ネットで要救助者の身体を確保し、準備が完了したことを無線で告げる。ホイストマンが、慎重にワイヤを巻き上げていく。

二人の乗組員は、続けて機内に引っ張り上げられた。山根が素早く、その身体をベルトで固定する。

「もう大丈夫ですよ。大丈夫です！」

大輔は、乗組員に笑顔を向けた。

「よく頑張りましたね！」

「酸素投与します！」

吉岡が、乗組員の顔に酸素マスクをつける。

「もう大丈夫ですよ。安心してくださいね」

朦朧《もうろう》としながらも、乗組員は小さくうなずいた。

ホッと安堵《あんど》の息をつき、大輔が装備を外そうとしたとき——

「もうひとりいます！」

戸川が驚きの声を上げた。

隊員全員がコンテナ船に目を向ける。

甲板で男が手を振っているのが見えた。

今まで船内に閉じ込められていたのか、あるいはコンテナの陰で気を失ってでもいたのか。全く気が付かなかった。

いずれにせよ、放っておくわけにはいかない。

「行きます！」

ヘルメットを被《かぶ》り直しながら、隊長の角倉に向かって大輔は言った。

「間に合わない」

嶋が言葉を返す。

「もう沈む」

船の傾きは、さっきまでとは比べ物にならないほど大きくなっていた。

男は波に足をとられ、甲板の上を滑った。手すりを摑み、なんとか海面に落下することだけは免れる。

しかし、このままではそれも時間の問題だ。

助けなければ、と大輔は思った。このまま見殺しになどできない。

「結着する。ロックよし、ピンよし、確保解け！」

大輔は続けた。許可など待っている時間はない。一刻も早くあそこに行かなければ。

「カラビナ、安全環よし、降下地点よし！」

「無理だ、仙崎！」

角倉が肩に手をかける。

「降下準備よし！　降下！」

それを振り切ると、大輔は機外に飛び出した。

「仙崎さん！」

悲鳴のような山根の声が、最後に聞こえた。

ホイストマンの誘導は、今度も正確だった。大輔は、要救助者から数メートルの地点に降下した。

「動かないで！」

手すりを握ったままうずくまっている男に向かって、大輔は声をかけた。

「助けてください」

顔を上げ、すがるような目で男が大輔を見る。

「今行きます」

手すりに手をかけ、一歩一歩足を踏みしめながら、ゆっくりと男に近づいて行く。

あと数歩で男に手が届く。

「もう大丈夫ですよ！」

言いながら大輔が手を伸ばしたとき、ガクンという衝撃と同時に、船が急激に傾いた。

高波が大輔と男を襲う。

二人はあっという間に波に呑《の》み込まれた。

「ああッ！」

吉岡は思わずヘリから身を乗り出した。

甲板から投げ出された大輔と要救助者に続き、高波のために崩れたコンテナが、次々に海中に没していく。さらには、コンテナ船自体が、水柱を上げながら沈み始めた。

「スリング用意しろ！」

角倉が山根に命じた。

すぐに山根が用意し、救命用の浮輪を戸川に渡す。ホイストの先に装着すると、戸川は海上に大輔の姿を探した。

「大輔さん」

悲鳴のような声で吉岡が叫ぶ。

すると、それが聞こえたかのように、海面から腕が突き出された。続いて大輔が顔を出す。

荒波に身体を激しく揺さぶられながらも、大輔は辺りに顔を巡らせた。

しかし、男の姿はどこにも見えない。

「要救助者を見失いました！　空から確認してください！」

無線に向かって怒鳴る。

「大輔さん！」

吉岡の声に顔を上げると、頭上に来ていたヘリからスリングが降りてきた。

「摑まれ！」

角倉が叫ぶ。

しかし、大輔は、手を伸ばさなかった。

同時に投げ出されたのだから、自分と同じ場所に男が浮き上がってきても不思議はない。

――頼む。浮かんできてくれ。

祈るような気持ちで周辺を見回す。

すると突然、ボコッ、という、泡が破裂するような大きな音が背後で聞こえた。ぎょっとして振り返ると、コンテナが海面から飛び出していた。いったん水中に没したコンテナが、浮き上がってきたのだ。

ボコッ――

今度は、大輔の目の前で水柱が上がった。

コンテナが勢いをつけて海面から数メートル上まで突き出し、また沈む。

ボコッ――

ボコッ――

ボコッ――

コンテナは次々と浮き上がってくる。

大輔は自分の真下を見た。もし今コンテナが上がってきたら、身体中の骨がバラバラに砕けるかもしれない。

「危ない！」

頭上で隊員たちの声が聞こえる。

「早く摑まれ！」

角倉の声は、ヘリの警告音に掻き消された。機体が下がり過ぎているのだ。このままでは墜落の危険がある。

――もう待てない。

大輔はスリングを摑んだ。そのまま空中に吊るし上げられる。

次の瞬間、今までいた場所にコンテナが飛び出した。間一髪だった。

大輔がヘリに引き上げられたときには、船が沈没した海面をコンテナが埋め尽くしていた。

Ⅱ

1

大輔は放心状態だった。

関西空港海上保安航空基地にある格納庫。そこで、羽田に戻るために装備をまとめながら、何度もため息を漏らした。救助できなかった男の顔が、繰り返し頭に浮かんだ。

嶋が格納庫に入って来た。床に座り込んでいる大輔を無表情に一瞥《いちべつ》し、そのまま通り過ぎようとする。

慌てて立ち上がると、

「要救助者がもうひとりいるって、わかっていたら……」

嶋の背中に向かって、大輔は声をかけた。

「わかってたって、助けるのは無理だった」

嶋は冷徹に言い放った。

「目の前で助けを求めてたんですよ」

「危険だと判断したら、俺は行かない。たとえ要救助者までの距離が一メートルでもな」

　——そんなばかな。

「俺たちが出動するのは、潜水士や機動救難士が手を出せない現場だ。そこで判断を誤ったら、助けは来ない。特救隊は最後の砦《とりで》だ」

「だからこそ、あきらめてはいけないんじゃないですか？　俺は全員を助けたいんです」

「なるほど」

　嶋の口許《くちもと》に薄い笑みが浮かぶ。

「その歳《とし》で特救隊に入ろうなんてヤツは、そういうことを平気で口にできるわけか」

　大輔は今年三十三歳になる。二十代で特救隊に入る隊員が多い中、確かに少し歳はとっているかもしれない。

　しかし、それがなんだというのだ。

「どういう意味ですか？」

　大輔は眉《まゆ》をひそめた。

「六年前のフェリー事故。一昨年のガスプラントの事故。お前が遭難者を助け出したんだって？　たいした活躍じゃないか。だがな、結局はお前自身が仲間に救助されてる。俺に言わせれば、そういう状況を作ってしまったこと事態が、すでに失敗なんだよ」

——失敗？

「そして今日もお前は、同じミスをした。根拠のない自信が、ああいう事態を招いたんだ」

反論できない。唇を噛《か》み、視線を床に落とす。

あのとき、ヘリには墜落する恐れがあった。自分を救助するために、仲間を危険な目に遭わせてしまったのだ。

「いいか」

嶋が目を細める。

「レスキューに必要なのは、スキルと冷静な判断力だ。あきらめるとかあきらめないとか、そういう次元でやってたら、お前はまた遭難する。それを助けようとして、他の隊員が死んだらどうするんだ」

それだけ言うと、嶋は大輔に背を向け、歩き出した。

遠ざかる背中に目を向けながら、大輔は、嶋の言う通りかもしれないと思った。

——これまでの自分の行動は、全《すべ》て間違っていたということか。

大輔は、力なくその場に座り込んだ。

格納庫横にある調整室で、角倉は、今回の救助について思いを巡らせていた。

要救助者をひとり救えなかったのは痛恨の極みだが、あの状況では仕方がない。問題なのは、二次災害を引き起こす危険を冒してまで仙崎のとった行動だが、それについて咎《とが》めるつもりはなかった。要救助者の命を救いたいという一心でやったことが、懲罰の対象になどなってはならないと思う。

ただ、嶋は我慢ならないだろう。

特救隊員の使命は、自分の身を捨てて要救助者を助けることではない。自分の身の安全を確保した上で、要救助者と共に生還することにある。ことあるごとに嶋はそう口にする。

その考え方自体は百パーセント正しい。しかし、人の命を救いたい、という熱い思いがなければ、困難な状況の中に飛び込んで行くことなどできないのも確かだ。仙崎には、溢《あふ》れんばかりの熱い思いがある。それも特救隊員に必要な資質だと思う。

仙崎については、嶋と一度ゆっくり話し合う必要があるかもしれない、と角倉は考えていた。

「失礼します」

と声がして、その嶋が入って来た。そこには、今回の任務について、嶋らしい客観的で冷徹な報告が書かれているはずだ。

いい機会だ、と角倉は思った。

「ずいぶん落ち込んでいるみたいだな、仙崎は」

コーヒーを淹《い》れながら、何気なく口にした。

「あんなに気持ちを前に出してくるヤツは久し振りだ」

コーヒーの入ったカップを差し出すが、嶋は受け取らない。

角倉は苦笑した。身体《からだ》に悪いとされるものは、嶋はいっさい口にしない。どこまでもストイックな人間なのだ。それを思い出した。

「君は仙崎が気に入らないようだな」

カップをテーブルに置く。

「特救隊員は、全海上保安官の中から選ばれた特別な人間であるべきです」

「特別な人間か」

「違いますか」

「いや。その通りだ」

角倉は自分の分のコーヒーを淹れ始めた。

「君はまさにそうだし、仙崎も何か特別なものを持っているかもしれない」

改めて嶋に向き直る。

しかし、

「運だけで上がってきたヤツといっしょにしないでください」

ムッとした表情で言い返すと、嶋は頭を下げ、さっさと部屋を出て行った。

どうやら、仙崎については、話題にするのも嫌らしい。

全く異なるタイプの二人の存在が、特救隊の中で、いい意味での化学反応を起こすのではないかと角倉はひそかに期待していた。だが、今のところはマイナスの効果しかないようだ。

――水と油を混ぜるのは、やはり難しいか。

カップを手に、角倉はため息をついた。

「仙崎さん」

名前を呼ばれて顔を上げると、目の前に服部が立っていた。顔も救難服も、煤《すす》で真っ黒に汚れている。

「お久しぶりです」

服部は、大輔を真《ま》っ直《す》ぐ見つめながら頭を下げた。

「ああ」

とだけ大輔は応えた。今は誰とも話したくない気分だった。

「悔しかったです。要救助者がいるのに、撤収しなきゃいけないなんて」

眉をひそめてそう言ったあと、服部はわずかに頰《ほお》を弛《ゆる》めた。

「見てましたよ、仙崎さん。さすが特救隊ですね。俺らじゃどうにもできなかったのに」

「ひとり、救えなかった」

「でも、ベストを尽くしたじゃないですか。あそこであきらめてたら仙崎さんじゃありません」

どう応えていいかわからず、大輔は視線を床に落とした。

「これから羽田に戻るんですよね。俺、今週末に訓練で横浜に行くんで、よかったら飯でも誘ってください。お疲れさまでした」

再び頭を下げると、服部は踵《きびす》を返した。

「服部」

「はい」

呼び止められ、服部が振り返る。

「お前はあんまり無茶をするな」

「は？」

「俺なんかを手本にしてちゃダメだ」

自信がなくなっていた。こんな自分が、若い隊員の手本になどなれるわけがない。

「何言ってるんですか。仙崎さんは俺の目標です」

きっぱりそう言うと、服部は微笑《ほほえ》んだ。

「失礼します」

改めて敬礼し、歩き出す。

その背中がまぶしく見えた。

そのとき、ポケットの中で携帯が震動した。取り出して見ると、環菜からのメールだった。

『大洋が駅の階段から転げ落ちて頭にケガをしちゃった。軽傷ですんだけど…心配』

携帯を手に、大輔は跳ねるようにして立ち上がった。

2

羽田に帰ると、大輔は真っ直ぐ横浜の官舎に向かった。

階段を三段飛ばしで上がり、音を立ててドアを開ける。

「環菜！」

呼びながらリビングに駆け込むと、ソファに座っていた環菜が顔を上げた。

「大洋は！」

と口に出してすぐ、大輔はホッと息をついた。大洋は、おもちゃを手に、環菜の前で機嫌良く遊んでいた。ただ、その頭には包帯ネットを被《かぶ》っている。

「大丈夫か、大洋。痛くないのか」

側《そば》に歩み寄りながら訊《き》く。

「もう落ち着いたみたい。病院じゃ泣き叫んでたけど」

環菜は疲れ切っている様子だ。

「転げ落ちたって、どうして」

「駅の階段落りてたら、駆け込み乗車の人がわーっとぶつかってきて。手繋《つな》いでたんだけど、大洋、転げ落ちちゃって」

「傷の程度は」

「二針縫った。でも、脳に異常はないって」

「そうか」

大輔は息子を抱き上げた。大洋は、何事もなかったかのように、えくぼを見せて笑っている。

「びっくりしたよ」

「ごめんなさい」

環菜は指先で涙を拭《ぬぐ》った。

「大ごとにならなくてよかったじゃないか」

大輔が笑顔を向ける。

「なあ、大洋。もう大丈夫だ。なッ」

「もうどうしようかと思った。救急車もなかなか来てくれないし、この子は血流して痛い痛いって泣いてるし……」

「大変だったな、環菜」

大洋を抱いたまま、大輔は環菜の横に座った。

「大洋抱いて待ってる間、私、すごく考えちゃったの。こんな世の中に産まれてくるこの子は……」

環菜はお腹《なか》に手をあてた。

「もしかしたら、とっても可哀相《かわいそう》なんじゃないかって」

「え？」

「大洋だって、これから大変なことがいっぱい待ってる。今が、幸せや希望に溢れた時代だなんて思ってる人は誰もいないもん。みんな自分のことで精一杯で……。私たちが子どもの頃とは全然違う」

環菜は、目を伏せ、小さく息をついた。

「私、産むのが不安になってきちゃった」

「いいことだって、世の中にはたくさんあるよ。大丈夫だって。そんな心配するな」

「大輔くんの大丈夫はアテになんない。だって根拠ないんだもん」

「根拠……」

――そして今日もお前は、同じミスをした。根拠のない自信が、ああいう事態を招いたんだ。

嶋の言葉が甦《よみがえ》った。

「根拠ってさ……、そんなのなくたって、俺たちがそういう強い気持ちさえ持ってれば……」

環菜を安心させたかったが、自然に声が小さくなった。「根拠がない」というひとことが、棘《とげ》のように胸に突き刺さっている。

「大洋、もう寝よっか」

遮るように言い、大輔から大洋を取り上げると、よいしょ、と言いながら環菜は立ち上がった。そのまま隣の寝室に入る。

残された大輔は、ただ呆然《ぼうぜん》と座り込んでいた。なんの言葉も出てこない。

今日一日で自分が空っぽになったような気がした。

3

コンテナ船事故から数日後――。

吉岡は、羽田空港行きのモノレールの中で、美香と向かい合って立っていた。いつものように喫茶店でモーニングを食べる早朝デートを終え、羽田空港に向かっているところだ。

「帰って来るのは明日のお昼」

手帳でスケジュールを確認しながら、美香が言った。

今日は羽田からフライトがある。足元にはキャリーバッグが置かれていた。

「じゃ、またメールするね」

「うん」

吉岡は、強張《こわば》った表情でうなずいた。

今日こそはプロポーズしようと、起きたときから決めていた。しかし、なかなか言い出せずにいる。早くしないと駅に着いてしまう。

——何をぐずぐずしてる。早く言っちまえ！

頭の中で怒りの声がした。

——やっぱり今日はやめといたほうがいいかも……。

その一方で、弱々しい声も聞こえる。

喉《のど》が渇いて仕方がなかった。舌を出して乾いた唇をなめた。

いつもと違う吉岡の態度に気づいたのだろう、美香も落ち着かない様子だ。

「美香」

意を決し、口を開く。

「ん？」

「俺たち、十か月以上さ、電話とメールばっかりだったけど、いろんなことといっぱい話し合ったから、逆に深くわかり合えたっていうか……」

〈間もなく、整備場、整備場〉

不意のアナウンスの声に、吉岡は口を開いたまま固まった。

「なに？」

美香はぎこちない笑みを浮かべている。

焦るな、と思えば思うほど、逆に焦りが増していく。鼓動が聞こえるほど心臓が強く波打っている。

「だから」

拳を握り締め、腹に力を入れると、勇気を振り絞って続けた。

「これからは新しい関係っていうか……」

「ねえ」

「つまり、つまり――」

「着いたよ」

「そう、着いた。えッ」

吉岡は窓の外に目を向けた。モノレールが、整備場駅のホームに滑り込んでいく。

〈お待たせ致しました。整備場、整備場〉

ここで降りなければならない。特救隊の基地があるのだ。

「またあとでメールするから」

美香の言葉に、吉岡は力なく肩を落とした。

「わかった」

やっとそれだけ言った。

「じゃあね」

美香に背中を押され、ホームに降りる。

遠ざかって行くモノレールをホームで見送ると、吉岡は案内板に額をつけた。

目を閉じ、拳で案内板を叩《たた》く。

「ああッ、もっと早く切り出せよ！」

思い切り壁を蹴《け》る。

「もう、俺は！　だああッ！」

ホームの上で雄叫《おたけ》びを上げながら、吉岡は地団太を踏んだ。

ドアにもたれると、美香はため息を漏らした。

——あれは絶対プロポーズだった。

前にも一度、同じような雰囲気になったことがある。そのときには、話題を逸《そ》らして誤魔化《ごまか》した。でも、いつまでもやり過ごし続けるわけにはいかない。

「結婚かあ」

また、ため息が出た。

結婚はできない——。そう言ったら、吉岡くんはどんな顔をするだろう。

迷いがないわけではない。特に、仙崎家の仲睦《なかむつ》まじい様子を見たときには、結婚ていいものかもしれない、と素直に思った。

——でも……。

美香には隠していることがあった。それを打ち明けたら、間違いなく嫌われる。やっぱり結婚など無理だ。

しかし、自分から言い出す勇気はなかった。

——フライトから戻ったら環菜さんに相談してみよう。

美香はそう決めた。

4

上官の合図で、大輔はロープにぶら下がった。

ロープは、停泊中の二隻の巡視船の間に張られている。足をひっかけ、たぐり寄せるようにロープを握りながら、ゴールの巡視船の甲板を目指して進んで行く。沿岸からは、ホースを使って容赦なく水が浴びせられる。

周りでは隊員たちが囃《はや》し立てている。巡視船『ながれ』に配属されていたときの同僚で、今は第三特救隊の隊長になっている山路《やまじ》も、大声で訓練中の隊員を鼓舞している。当時は、四十九回見合いに失敗した、と自虐的に話して仲間の笑いをとっていたものだが、訓練となると鬼に変わる。手を滑らせて海面に落下した隊員には、

「バカか！　そこで一生水浴びしてろ！」

と、容赦ない罵声《ばせい》を浴びせている。

この訓練は、見た目よりはるかにつらい。放水のせいで息をするのもままならず、ロープも滑りやすくなっているため、通常よりはるかに体力を消耗するのだ。

ロープをつたっていくうちに、腕の筋肉が突っ張り、腹筋が痙攣《けいれん》し、背筋が軋《きし》み始

める。悲鳴を上げる上半身をフォローするように、リズムよく足を動かし、先へ先へと進んでいく。

放水の切れ目に目を見開くと、視界には真っ青な空が広がっていた。いつも海ばかり見ているから、それが新鮮な風景に映る。空を見ながら、頭を空っぽにして、両手両足を素早く動かす。

「行けえ！　大輔さん！」

吉岡の声が聞こえた。

「よっしゃあ！」

気合を入れ直し、ラストスパートをかける。

ゴールに着くと、大輔は肩で大きく息をついた。全身の筋肉が、ガチガチに張っている。

ストップウォッチを手にした隊員が、タイムを教えた。嶋には及ばないが、他の隊員を圧倒している。大輔は吉岡と拳を合わせた。

こうして厳しい訓練をしていると、先日の事故以来のもやもやした気分が少しずつ晴れていくような気がする。やはり自分は、あれこれ考えるより身体を動かしているほうが向いているのだ、と思う。

それに、側《そば》にいつも吉岡がいてくれるのも助けになっていた。自分のことを一番わかってくれる親友の存在は心強い。

嶋の言ったことは、いまだに棘のように心に刺さっている。でも、自分は自分なのだ、と大輔は思った。くよくよしていても仕方がない。

「行けーッ！」

これまでの気持ちを吹っ切るように、後続の隊員に向かって、大輔は大声で檄《げき》を飛ばした。

「バカ。何やってんだよ。美香ちゃんは絶対意識してるぞ」

髪のシャンプーを洗い流しながら、大輔は言った。

「結婚を？」

身体を洗う手を止め、吉岡が訊き返す。

訓練後、隣同士でシャワーを浴びながら、昨日のモノレールでの一件を聞いたところだった。ここは結婚の先輩として、しっかりアドバイスしなければいけないところだ。

「当たり前だろ。女のほうがメチャメチャ考えてるって」

「ホントに？」

「バカ！　ったく、しょうがねえな。俺がとっておきのプロポーズを教えてやる」

「マジっスか！」

「いいか。美香ちゃんの目をじっと見て」

「はい」

吉岡が身を乗り出す。

「お前に——」

「チェックインはダメですよ」

「え？」

機先を制され、大輔はポカンと口を開けた。

「絶対ダメ。絶対引く」

「いや。俺は真面目《まじめ》に」

「ダメダメダメ」

吉岡が手と首を同時に振る。

「だってそれはほら、大輔さんの持ちネタだから」

「なんだよ、持ちネタって」

「いただけませんよ」

「じゃあ……。俺と結婚してくれ！　ＯＫならゴツンと来い！」

吉岡に向かって、大輔は拳を突き出した。

「やべッ！」

吉岡がパッと目を見開く。

「超カッコイイ！」

「これなら愛もパッションも伝えられるぜ」

「いいっスね！」

「だろ？」

「あッ。いや、でも……」

「なんだよ」

「ゴツンと来いが、微妙に暴走気味な感じが」

「そうかあ」

「ゴツンと来てください、じゃダメっスかね」

「それ、弱くねえか」

「俺と結婚してくれ！　ＯＫならゴツンと来てください！」

吉岡が拳を突き出す。

「はい」

大輔が拳を合わせる。

「おおッ！」

「ああッ！」

二人は同時に、感激の声を上げた。

「いいじゃねえか、吉岡。それで行け！」

「ありがとうございます、大輔さん」

「シャアー！」

「シャアー！　よっしゃあ〜。待ってろよ、美香！」

よしよし、というように大輔はうなずいた。このところつらいこと続きだったが、吉岡と美香の結婚は、それを全部吹き飛ばすようなめでたい話だ。

帰ったら早速環菜にも教えなければ、と大輔は思った。

5

「ええーッ。なんで結婚したくないんだよ！」

大輔は大声を上げた。

「わかんないよ」

ベランダで洗濯物を取り込みながら、環菜が応える。

今日の午後、美香から突然「相談したいことがある」と電話で呼び出され、その場で告白されたのだった。

「あんな仲いいのに。なんでだよ！」

環菜の前に立ち塞《ふさ》がるようにして、大輔は訊いた。

「ちょっと、どいてよ」

それを押しのけるようにしてベランダから部屋に入り、洗濯物を抱えて洗面所に向かう。

「理由だよ、理由」

後ろからついてくる大輔を振り返ると、

「わかんないのよ、それが」

環菜は眉間《みけん》に皺《しわ》を寄せた。

わからないものはわからないのだから仕方がない。美香は理由を言わなかった。


ほんの数時間前――

大洋を連れて指定されたファーストフード店に行くと、美香はすでに窓際の席についていた。

「実は、吉岡くんのことで、ちょっと相談が」

環菜が向かいの席に座るのを待って、美香は、うつむきがちに口を開いた。

なんのことかわからず、

「どうしたの？」

いくらか声をひそめて訊くと、

「彼、私に二度もプロポーズを……」

口ごもりながら言う。

「え、されてたのー？」

環菜は思わず声を上げた。

「いえ。実際にはまだされてはいないんですけど……。もう時間の問題っていうか……」

「うわ。よかったねー。おめでとう」

しかし、美香は肩をすぼめ、さらに下を向いた。

「えっ、あっ……、なに？」

その反応に驚いてしどろもどろになっていると、美香はようやく顔を上げた。

「私は、結婚する気はありません」

険しい表情で告げる。

「ええーッ。なんで？　どうして嫌なの？」

「理由は、言えないんですけど……」

そこでまた美香はうつむいてしまった。

「理由を、言えない？」

わけがわからない、といった顔で大輔が繰り返す。

「なんだよ、それ！　まさか美香ちゃん、他に好きな人でもいるんじゃないだろうな」

「だから、わかんないって言ってるでしょ！」

怒鳴りながら、環菜は、取り込んだばかりの洗濯物をまた洗濯機の中に放《ほう》り込んだ。

「あれ、なんで洗濯機に入れてんだろ。ああ、やだ。私も動揺してる。もう」

耳元で大輔がわいわい騒ぎたてるので、環菜自身も混乱していた。

「それで――。美香ちゃんは、自分ではうまく言えないから、私か大輔くんから吉岡くんに話してくれないか、って言うのよ」

「理由もわからずに、そんなこと吉岡に話せるかよ」

「私もそう言った。そうしたら美香ちゃん、わかりました、って。自分でちゃんと話します、って」

「ああ！」

そこでまた大輔は大声を上げた。

「何よ、今度は」

うんざりした気分で訊くと、

「俺、吉岡を思い切り焚《た》きつけちゃったよ」

べそをかきそうな顔で答える。

「今頃あいつ、美香ちゃんにプロポーズしてんぞ」

「ええッ」

取り出したばかりの洗濯物の塊を、環菜はまた洗濯機の中に落とした。

6

──今日こそは、マジで絶対にプロポーズする。

吉岡は固く決意していた。

美香のマンションに向かって、二人は並んで歩いている。

今日の美香は口数が少ない。きっとプロポーズを待っているのだ、と思った。

美香の部屋でプロポーズし、ＯＫの返事をもらったあと、その勢いでチェックインを……、などと想像を膨らませながら、にんまりと笑みを浮かべたとき──

「じゃ、もうここでいいから」

唐突に美香が言った。いつの間にか、マンションの前に着いていた。

「えッ。いや、部屋まで送るよ」

「明日から当直なんでしょ。ほら、早く帰って寝なきゃ」

それはないだろうと思った。これではせっかくの計画が──。

「じゃあ、お休み」

吉岡をその場に残し、美香が玄関に向かって歩き出す。

チャンスは今しかない。

「美香」

意を決し、声をかけた。美香が足を止める。

「大事な話があるんだ」

美香は振り向かない。

「また今度にしない？　ほら、吉岡くん、早く帰らないと」

「わかった」

──いやいや、わかっちゃダメだ。

吉岡は首を振った。こうなったら破れかぶれだ。

大きく一度深呼吸し、身体に力を込める。

「俺と結婚してくれないか！」

──とうとう言えた。

身体中の血が沸騰し、口から飛び出さんばかりに心臓が暴れ始めた。

「ＯＫならゴツンと来てください！」

拳を突き出し、目を閉じる。そのまま返事を待つ。

しかし、美香の声はなかなか聞こえない。近づいて来る気配もない。

ゴツンと来てください、の意味がわからないのだろうか、と不安になり始めたとき
――

「今のままじゃダメなの？」

強張った声が耳に届いた。

「えッ」

驚いて目を開ける。

「いいじゃない、ずっとこのままで」

「このまま？」

――このまま、ってどういう意味だ。

「興味ないのよね、結婚に」

そっけない口調で美香が続ける。

「嫌なの、結婚は」

「はあ？」

吉岡はマヌケな声を出した。こんな返事は全く予想していなかった。

「どうして」

「仕事辞めたくないし」

美香の口調は醒《さ》めている。吉岡の知っている美香とはまるで別人だ。

「別に、辞めなくても……」

「私のほうがお給料いいから?」

吉岡は絶句した。

――なんで今そんな話になるのだ。

「いや、あのさ……」

「それに、海上保安官の奥さんなんて、ずっと心配してなきゃいけないし……。あり得ない、結婚なんて」

吉岡に背を向けると、美香はマンションの玄関に入り、オートロックの暗証番号を押し始めた。

「美香!　俺は、本気でお前のことが好きなんだ!」

自然に口をついて出た。

「確かに俺のほうが給料安いかもしれないし、心配かけることもあるかもしれないけど、絶対美香に後悔はさせない。俺は絶対、命がけで美香を幸せにする!」

それでも美香は振り向いてくれない。

「結婚してくれ、美香！」

「ごめんなさい。私は、無理」

ドアが開いた。

「誰か他の人を見つけて」

最後まで顔を向けてくれないまま、マンションの中に入って行く。

——そんなバカな。なんでだよ。

美香が消えた玄関を見つめながら、吉岡はただ呆然と立ち尽くした。

何故《なぜ》か、大輔と環菜の幸せそうな顔が浮かんだ。

Ⅲ

1

〈当機はあと一時間程で羽田に到着致します〉

機内アナウンスが流れると、キャビン内にホッとした空気が流れた。シドニーを出発してすでに九時間近く。フライトにも飽き、そろそろ疲れが出てきた頃だ。

美香は、最後のカートサービスを行なっていた。空になった器を回収しながら、乗客のリクエストに応《こた》えて、コーヒーや紅茶、ジュースなどをサーブしていく。

新婚旅行の帰りだろうか、若いカップルが寄り添って眠っている。吉岡のことが頭に浮かび、胸が苦しくなる。

なんであんなことを言ってしまったんだろう、と改めて思った。数日前のあの夜からずっと、美香は後悔し続けていた。

——帰ったらもう一度会って、ちゃんと理由を説明しよう。そしてその上で、結婚についてはニ人でよく話し合おう。

カップルの横を通り過ぎながら、そう心に決めた。やはりこんな形で吉岡を失いたくはない。

カートを押してサービスを続けていると、通路側の席でこちらに笑顔を向けている男の子の姿が目に入った。笑みを返し、小さく手を振る。

池永俊介《いけながしゅんすけ》はまだ十一歳だが、ひとりでオーストラリアから日本に帰るのだという。今は父親の転勤でシドニーに住んでいて、千葉の祖母に会いに行くらしい。

チーフパーサーから、フライト中はずっと気にかけておくように、と言われていたため、なにくれとなく面倒をみていたのだが、その間にすっかり仲良くなっていた。

「あと一時間ぐらいで羽田に着くからね」

美香が告げると、

「はい」

俊介は元気よく返事した。

「でも、ひとりで飛行機に乗るなんてすごいよねえ」

「そんなの、どうってことないよ」

「ま、生意気な」

指先で軽く額を押すと、俊介は、えへへ、と嬉《うれ》しそうに笑った。

「私がひとりで飛行機に乗ったのって、大学受験で東京に出てきたときだったなあ。すごい緊張しちゃって――」

そこまで言ったとき、突然、ドンッ、という強い衝撃がキャビンを襲った。

機体が大きく揺れ、斜めに傾く。

乗客の間から一斉に悲鳴が上がった。同時に、本や雑誌、バッグ、パソコンなどが宙を飛ぶ。

美香は、咄嗟《とっさ》に俊介のシートの背もたれに摑《つか》まった。

シートベルトをしていない乗客は通路に投げ出され、窓際の乗客は壁に頭を打ちつけた。ベルトをしていた乗客は、それが腹に食い込む痛みに呻《うめ》き声を上げた。

それまで美香が押していたカートが、ものすごい勢いで通路を滑って行く。倒れていた乗客が、間一髪でそれをよける。カートは、後方の壁に激突して動きを止めた。

まだ機は揺れている。美香は俊介に覆いかぶさった。

「大丈夫だから、大丈夫だから」

自分自身に言い聞かせるように、美香は繰り返した。

コックピットでは警告音が鳴り響いていた。

機長の村松《むらまつ》が素早く目の前の計器を見回す。「ナンバーワン・エンジン」の警告灯が赤く点滅している。エンジン音にも変化が起きている。

──どうしたんだ。

「ナンバーワン・エンジン、ファイヤー　スイッチ　プル！」

村松が大声で告げる。

「ナンバーワン・エンジン、ファイヤー　スイッチ　プル！」

副機長の二《に》ノ宮《みや》が復唱する。

計器の画面に『エンジン　ファイヤー』の文字が浮かんでいる。

「ナンバーワン・エンジン、ファイヤー　チェックリスト！」

「ラジャー」

二ノ宮が応《こた》え、故障個所の確認を始める。

「オーパイ切れたぞ！」

自動操縦装置が切れた。

──いったい何が起こったのだ。

愕然《がくぜん》としながら、村松は改めて計器に目を向けた。

美香は、身体《からだ》が浮き上がるのを感じた。次に左右に振られ、床に押し付けられる。

機は完全にコントロールを失っている。

女性の悲鳴、男性の叫び声、赤ちゃんの泣き声がキャビンに響き渡った。頭上からは手荷物が降り、新聞や雑誌が宙に舞う。

「うわああ！」

男性の異様な声に目を向けると、窓を通して、左翼外側のエンジンが火を噴いているのが見えた。

身体から血の気が引いた。

次の瞬間、美香は仰向《あおむ》けにひっくり返った。機体が急降下を始めたのだ。

——墜《お》ちる。

美香は目を見開いた。

「何が起きてるんだ！」

村松の問いに、

「ナンバーワン・エンジンのパラメーターが異常です！」

叫ぶように二ノ宮が答える。

「マックスパワー！」

村松が命じる。

「ハイドロプレッシャー、なくなってきています！」

――油圧系統のトラブル。

村松は空唾《からつば》を呑《の》み込んだ。

突然、機が降下を始めた。

「ディセント！」

驚きに顔を歪《ゆが》めながら、村松が声を上げる。

「ハイドロ。ワン、ツー、スリー、オールロス！」

二ノ宮が報告した途端、機体が大きく揺れた。

「ディセントだ！」

機体は急降下している。村松は、歯を食い縛りながら操縦桿《かん》を握り締めた。

2

黒塗りの公用車が、高速道路を羽田空港に向かって疾走していた。後部座席に座っているのは、海上保安庁警備救難部・救難課長である下川《しもかわ》と、その部下の三井《みつい》。海保の制服である濃紺のスーツに身を包み、膝《ひざ》の上には白い制帽を置いている。二人の表情は、緊張で強張《こわば》っていた。

「事故対策本部に集められているのは」

三井が報告を始める。

「国交省航空局、警視庁、神奈川県警、千葉県警、それから東京消防庁、ならびに千葉消防局の担当者です」

「トラブルが起きたのはいつだ」

「G―WING206便からのエマージェンシーを捜索救助衛星システムが受信したのは、約十五分前。エンジンに異常が発生し、コントロール困難な状況になったと」

最悪の事態が下川の頭を過《よぎ》った。

――海上に墜落して粉々になる機体。

目を閉じて奥歯を嚙《か》み締め、その映像を頭から追い払う。

やがて車は、羽田空港第一庁舎の玄関前に滑り込んだ。

下川と三井が降りると同時に、青いウインドブレーカー姿の若い男がひとり駆け寄って来た。ウインドブレーカーの背中には「国土交通省航空局」という文字が入っている。

男は、額から汗を滴らせながら頭を下げ、

「国交省の辻《つじ》です」

と名乗った。

「下川救難課長です」

三井が下川を紹介すると、辻は、

「どうぞ、こちらへ」

と手で指し示した。先頭に立って歩き始める。

そこに、待機していたマスコミ関係者が集まって来た。

「海上保安庁の方ですか！」

「事故の詳細はお聞きになっていますか！」

前を塞《ふさ》ぐようにして口々に質問を浴びせるが、下川たちは立ち止まらない。

「２０６便に何が起こったんですか！」

相手もあきらめない。

「墜落したんですか！」

「どこに墜ちたんです！」

辻がものすごい形相で睨《にら》みつけた。

「まだ墜ちたわけじゃありません！　２０６便はちゃんと飛んでます！」

その剣幕に、質問した記者がたじろぐ。

「道空けて!」

辻が両手を広げて道を空けさせ、ロビーに入った。あとに続こうとする記者たちを警備員が押しとどめる。

下川と三井は、辻に案内され、真《ま》っ直《す》ぐ総合対策室に向かった。

小さな体育館ほどの広さがある対策室は、人でごった返していた。誰もが殺気立ち、慌ただしく動き回っている。

人ごみをかき分けるようにして歩きながら、下川は室内を見回した。

壁にはいくつものスクリーンが設置されており、羽田空港の各滑走路や、付近の海上などの様子が映し出されている。壁にはまた、日本全土や空港周辺、あるいはフライトルートなどを示した地図も貼《は》られている。部屋のあちこちに置かれたホワイトボードには、事故の経過や機長との交信内容がマジックで殴り書きされ、乗員乗客の名簿も貼り出されている。

部屋の中央付近まで進み、二人の男の前で立ち止まると、辻は、

「失礼します、管理官」

と声をかけた。

それまでデスクの上の図面に目を落としていた二人が、同時に顔を上げる。

「海上保安庁の下川救難課長です」

辻は、管理官、と呼んだ男に紹介した。

「国交省航空局の伊勢原《いせはら》です」

伊勢原は、四十代半ばだろうか。エリート官僚らしく、高級そうなスーツを身につけている。この対策室では伊勢原が責任者ということになる。

「坂巻《さかまき》です」

こちらは伊勢原の部下らしい。歳《とし》は三十代後半か。

「トラブルを起こしたのは、シドニー発羽田行きG―WING206便」

すぐに伊勢原が説明を始めた。

「機種は747ダッシュ400。乗員乗客合わせて三百四十六名を乗せたジャンボジェットです」

「ジャンボ……」

しかも乗客は三百人超。もし墜落したら、世界でも最大級の航空機事故になる。

「206便は、伊豆諸島上空で左エンジン二発が停止。さらに、三つの油圧系統がダメになって、コントロールが非常に困難な状態になりました。現在２０６便は――」

「何度も同じことを言わせるな！」

突然の怒声に、伊勢原は次の言葉を呑み込んだ。対策室にいる全員が声の主に目を向ける。部屋の中央で、髪の薄い小柄な男が受話器を握っていた。

「羽田空港長の堂上《どうがみ》さんです」

坂巻が下川に告げる。

「正確な情報だけを上げろ！」

年齢は五十歳前後か。広い額から湯気が立ちそうなほど、怒り心頭に発しているようだ。堂上は、電話機が壊れるかと思うほどの勢いで受話器を置いた。

改めて下川に向き直ると、

「現在、２０６便はフライトルートから大きく外れ、伊豆諸島上空で迷走中です」

説明を続けながら、伊勢原は、ホワイトボードに貼られた地図に歩み寄った。

そこには羽田までの通常のフライトルートに線が引かれ、２０６便の現在のルートが書き足されていた。直線で示されたフライトルートを外れ、機は、円を描《えが》くようにして迷走飛行を続けている。

「恐らく、エンジンの出力と右翼側のエルロンのみでコントロールして、針路を立て直そうとしていると思われます」

「エルロン」とは、左右の主翼についている小さな補助翼のことだ。

――そんな状態でまともな飛行が可能なのか？

下川は、改めて地図に目を向けた。206便は今、真っ直ぐに飛ぶことすらおぼつかない。まともに着陸できるとはとても思えなかった。

――では、何をすべきか。

薄く目を閉じ、神経を集中する。想定される様々な状況とその対応策が頭の中を駆け巡る。

下川の耳には、もう対策室の喧騒《けんそう》は入ってこなかった。

3

特救隊の二隊と三隊の二チームに緊急招集がかけられた。

「シドニーから羽田に向かっていたG―WING206便に、深刻なトラブルが発生。コントロールが非常に不安定な状態で飛行中」

ブリーフィングルームに次々に集まってくる隊員を前に、角倉がメモを読み上げている。大輔と吉岡は、すでに着席していた。

大輔は、隣に座る吉岡の顔を見た。「G―WING」は、美香が働いている航空会社だ。もちろん、事故機に搭乗しているとは限らないが、可能性はある。

吉岡は顔を引きつらせていた。膝の上に置いた拳が震えている。声をかけたかったが、ブリーフィング中だ。大輔は角倉のほうに向き直った。

「着陸の際、事故になることも予想される。我々は206便が墜ちた場合に備えて、羽田沖で待機することになった」

角倉の説明が終わるとすかさず、

「その飛行機には何人乗ってるんです」

嶋が質問した。

「乗員乗客合わせて三百四十六名」

隊員の間でざわめきが起きる。

唾を呑み込む音が横で聞こえた。見ると、吉岡は震えていた。完全に動転している。一刻も早く美香のことを確かめたいと思っているのだろう。

「山路隊長」

角倉が、最後列にいた山路に声をかけた。

「はい」

「三隊は、東京海上保安部よりゴムボートにて羽田沖待機」

「我々二隊は、巡視船『いず』と合流」

「はい！」

全員が立ち上がった。

吉岡の顔は、これまで見たことがないほど青ざめていた。

4

「206便の着陸には、より東京湾に近く、危険を回避できること」

羽田空港長の堂上が、デスクに広げた羽田空港の滑走路図を前に説明を始めた。下川を始め、各省庁と地元警察の担当者、そしてG―WINGから派遣された社員が、周りを囲んでいる。

「また、滑走路が長いことを考慮して、このC滑走路を南からの進入で使用します。他の離陸機は、このA滑走路を使用。着陸機はダイバートさせ、BD滑走路は閉鎖」

「ただし、羽田周辺に現在吹いている北東からの風は」

伊勢原が続ける。

「C滑走路に対して風速十八ノットから二十ノットの強い横風です。ジャンボ機が、片側エンジンのみ、さらに油圧もきかない状態で着陸するには、非常に難しいコンディションです」

堂上は、飛行機の模型を手にした。それを図面に描かれたC滑走路の端に置く。

「206便は右翼のエンジンしか生きていませんから、このように機首を右に向けた斜めの状態で進入してきます」

右に機首を傾けた状態で、滑走路を滑らせて行く。

「ですが、ここで横風に煽られると、機体のバランスは簡単に崩れる」

模型飛行機の右側を浮かせながら、機体を左に向けて動かす。

「最悪の場合、機体が滑走路から外れて大事故になる可能性も」

滑走路の左側には空港の建物がある。もしそこに突っ込めば、さらなる大惨事が発生する恐れがある。

堂上を取り囲んだ各部局の幹部たちは、想像を超える状況に静まり返った。

「写真です！」

そのとき、大声と共に、航空局の職員のひとりが写真を頭上に掲げた。

「航空自衛隊のRF—4Eが、小笠原《おがさわら》上空で206便を撮影しました！」

「写真！」

坂巻が駆け寄って受け取り、幹部たちの前に置く。

「えッ」

と声を出したまま、伊勢原は絶句した。

写真には206便の機体がはっきりと写っていた。左翼のエンジンのひとつがなく、機体の腹がえぐれるように傷ついている。

「エンジンが……、脱落している」

呆然とした表情で坂巻がつぶやいた。

「この傷は？」

下川が堂上に訊く。

「エンジンが後ろに飛んだときにぶつかったんでしょう」

「ひどいな」

「ハイドロラインが切断されている可能性があります」

G—WINGの社員が付け加えた。

「こんな状態で飛んでいるなんて」

信じられない、というように、坂巻が首を振った。

「空港長」

ようやく気を取り直したのか、伊勢原が発言した。

「このような事態は、我々も全くの未経験なので、何が起こるか全く予想できません。消防庁は機体が炎上した場合に備え、C滑走路で待機してください。警察は負傷者の救急搬送の交通規制準備。そして、海上保安庁は、２０６便が海に墜ちた場合に備え、滑走路周辺の海上で待機していただきたい」

下川は三井に目で合図を送った。三井がうなずき、足早にその場を離れる。すぐに指令を出さなければならない。

「マスコミ対策はどうしましょう」

辻が訊くと、

「放っとけ。ヤツらは騒ぎを大きくするだけだ」

吐き捨てるように坂巻は答えた。

「いや」

下川が反論する。

「パニックを起こさないためには、むしろ情報公開が必要だと思いますが」

「そうですね」

伊勢原が同意した。

「マスコミには正確な情報を伝えよう。ただし、必要最小限の情報だぞ」

「わかりました」

辻が駆け足で部屋を出て行く。対策室にいる全員が、再び慌ただしく動き出した。電話は途切れなく鳴り続け、次から次へとデータを記した書類が積み上げられ、職員の間で交わされる会話のスピードも増している。

その様子を見ながら、これからは時間との勝負になるかもしれない、と下川は思った。

5

無線からは、現在の状況を知らせるよう繰り返す管制官の声が聞こえていた。しかし、機長の村松にそんな余裕はなかった。

なんとか墜落は免れたものの、いまだに機をコントロールすることができない。油圧系統にトラブルが起きたために、方向舵《ほうこうだ》や昇降舵《しょうこうだ》など操縦機能に深刻な問題が発生しているのだ。こんな状態で飛んでいること自体が奇跡といってもいい。

機は斜めに傾いている。まずは、なんとか水平に戻さなければならない。

「パワー出せ！　ターンライト　サーティ！」

村松は二ノ宮に命じた。

「はい！　ターンライト　サーティ！」

次の瞬間、横滑りするような圧力がかかった。

「バンク入り過ぎだ！」

やはりコントロールがきかない。

「もっとパワー出せ！」

「リミットです。ＥＴＴ超えてます」

もう限界か。しかし、あきらめるわけにはいかない。

「パワー！」

村松は叫んだ。

大きな横揺れがキャビンを襲った。一斉に悲鳴が上がる。

「座席ベルトをしっかりお締めください！」

シートに摑まって後ろから前へと移動しながら、美香は、乗客のひとりひとりに指示した。他のCAたちも、必死の形相でキャビン内を回っている。

「お子様を膝の上でしっかり抱いてください！　座席ベルトをしっかりお締めくださ い！」

震えてベルトを締められない乗客を手伝い、お年寄りには手を握って「大丈夫です」と声をかけ、外国人には英語で指示を伝えていく。

揺れは一向に収まらず、左翼のエンジンがあった場所からは今も黒煙が噴き出し、ゴゴ、ゴゴ――、という機体が軋《きし》むような不気味な音も聞こえている。これから何が起きるか全く予想がつかない。

ふと、吉岡の顔が脳裏を過った。

特救隊の隊員である吉岡は、もしかしたらもう出動しているのではないか。どこかでこの機のことを見ているのではないか。

――助けて、吉岡くん。

心の中で美香は呼びかけた。

6

大輔と吉岡は、器材庫の中で向かい合って作業をしていた。嶋も、少し離れたところで器材のチェックを行なっている。山根と戸川は、器材庫の前に積み上げられた資器材を、リアカーを使ってヘリコプターに積み込んでいた。

「俺たちに出番があるとしたら、それは……、飛行機が海に墜ちたときなんですよね」

救急器材の点検をしていた手を止めると、吉岡がつぶやくように漏らした。

「乗ってるのか？　美香ちゃんが」

大輔も作業の手を止める。

「さっき電話したら、繋がりませんでした」

嶋がこっちに目を向けたのがわかった。

大輔は吉岡に顔を近づけ、

「間違いないのか？」

小さな声で訊いた。

「前に聞いていたフライトスケジュールのことを考えると、多分……」

吉岡はうつむき、唇を噛んだ。

「墜ちるわけありませんよね」

すぐに顔を上げ、大輔の顔をじっと見つめる。

「俺たちの出番はきませんよね」

「当たり前だろ」

大輔は笑った。

「無事に着陸して、ハイ撤収、だよ。俺たちは」

「そうですよね」

自分を納得させるかのように何度もうなずくと、吉岡は立ち上がった。

「これ、お願いします」

山根と戸川に声をかけ、救急器材を外に運び出す。入れ替わりに、嶋が大輔の許に歩み寄った。

「ちょっと来い」

顎をしゃくり、先に立って器材庫の奥に進む。手にしていた降下吊《つ》り上げ器を床に置き、大輔があとに続く。

器材が積まれた棚の間の通路に入ると、振り向き、

「吉岡は置いていく」

声をひそめ、嶋は言った。

やはり美香のことを聞かれていたのだ。

「レスキューに必要なのは、スキルと冷静な判断だ。要救助者に身内がいたら、冷静な判断はできない。隊長には俺から伝えておくから、お前はあいつの作業を引き継げ」

「待ってください」

去ろうとする嶋を大輔は呼び止めた。嶋の言っていることは、頭では理解できる。でも——

「それでは、吉岡がかわいそうです。あいつは美香ちゃんを——」

「彼女の無惨な姿を見ることになるかもしれないんだぞ、吉岡は」

「そんなの、わからないじゃないですか。飛行機事故で助かった人もいます。全員助かると信じて現場に行くんでしょう、俺たちは。特救隊が最初からあきらめてどうするんですか」

舌打ちすると、嶋は再び大輔の目の前に立った。胸倉を摑んで、背中を器材に押し

つける。

「何度言ったらわかるんだ」

嶋は眉を吊り上げた。

「お前は感情的になり過ぎなんだよ」

言い返そうと口を開きかけたとき、人の気配を感じた。

横を向くと、視線の先に吉岡が立っていた。遅れて嶋も吉岡に目を向ける。

「俺、行きます。大丈夫ですから、俺は」

強張った顔で吉岡は言った。

「本当に大丈夫です」

胸倉を摑んでいる嶋の腕から力が抜けた。

「さすが長年のバディだな。似てるよ、お前らは」

大輔から手を放し、小さく鼻で笑う。

「来たければ来い。そのかわり、俺たちの邪魔だけはするな」

それだけ言うと、嶋は歩き出した。吉岡に睨むような一瞥をくれ、その前を通り過ぎる。

大輔はあとを追った。久し振りに腹が立っていた。もう我慢できない。

声をかけると、嶋は、うんざりしたような顔で振り返った。

「嶋さんには、感情はないんですか」

万が一のことがあったら、吉岡は自分の手で美香を助けたいと思っているはずだ。

普通の人間ならその気持ちがわからないはずはない。それを、邪魔するな、とはなんという言い草だ。

しかし嶋は、目を細めて大輔を見つめると、

「感情など、現場には必要ない！」

きっぱりと言い切った。

大輔は言葉を失った。

──それじゃあ、俺たちは救助ロボットと同じじゃないか。

遠ざかる嶋の背中を見つめながら、大輔はきつく唇を嚙み締めた。


「嶋さんは！」

Ⅳ

1

羽田空港周辺は騒然とした空気に包まれていた。

警察車両が空港を取り囲む中、消防車と救急車が続々と集結し、マスコミの大群も押し寄せている。

空港展望デッキでは、複数のテレビ局が生中継で放送を始めていた。

「シドニー発羽田行き、G—WING206便に深刻なエンジントラブルが発生した模様です」

マイクを握った女性レポーターが、険しい顔でカメラに向かって話している。

「まもなく206便が到着するここ羽田空港では、全《すべ》ての航空機の着陸を禁止し、離陸においてはA滑走路のみを使用している状態です」

横からの強風で女性の身体《からだ》がよろめいた。長い髪が流れて顔を覆う。それを指で掻《か》き分けながら、必死でレポートを続ける。

「206便のライトが見えてきました！」

テレビカメラが空に向く。はるか彼方《かなた》に小さな光の点が見えた。

「お分かりになるでしょうか。G―WING206便がゆっくりとこちらに近づいて来ています！」

突風に、またも女性がふらつく。カメラマンも必死で足を踏ん張っている。

「こんな風で着陸できるのか？」

テレビクルーのひとりがつぶやいた。


「五百フィートを通過！」

空港職員が告げると、対策室に緊張が走った。

「風速はまだ二十ノット。ほぼリミットに近い状況です」

坂巻が伊勢原に話しかけた。

「それでも着陸を強行させるんですか？」

「最終的な判断は、206便、村松機長に委《ゆだ》ねる。機長ができると判断すれば、着陸を強行する」

伊勢原は苦渋の表情だ。

二人の会話を聞きながら、下川は言いようのない胸騒ぎを感じていた。何かが起きそうな予感がする。

その予感が当たらないことを、下川は心から願った。

羽田沖に停泊している巡視船『いず』の甲板では、第二特救隊の隊員がスタンバイしていた。

「風が強いな」

角倉が顔をしかめた。

「現在、北東の風、約二十ノットです」

船上の吹き流しを見ながら、山根が報告する。

「来ました！」

双眼鏡を覗《のぞ》いていた大輔が声を上げた。吉岡をはじめ、隊員全員が双眼鏡を目にあてる。

はるか先に、小さな光の点が見えた。

――206便だ。

2

もうすぐ着陸する、という機長からのアナウンスがあったあと、美香たちＣＡは、最後の確認にキャビンの中を回っていた。

「安全姿勢は、安全のしおりを確認してください」

「両手でしっかりお座席を摑《つか》んでください。ベルトはこの位置で、頭をしっかり付けてください」

「タッチ　ユア　ヘッド。ファアヘッド　トゥ　ダウンシート」

乗客ひとりひとりに目を配り、声をかけながら通路を歩く。

俊介の横に来ると、美香は笑みを浮かべた。

「もう少しきつく締めるね」

やさしく言いながら、ベルトに手をかける。

俊介は、すがるような目を美香に向けた。できれば側《そば》についていてあげたいが、ＣＡという立場上そんなことができるはずもない。

「大丈夫よ」

美香の言葉に、俊介は小さくうなずいた。

もう一度笑みを向けると、美香は次の座席の横に移動した。

まだ完全にコントロールできているわけではない。それでも村松は、なんとか羽田空港へのルートに機を乗せることに成功した。あとはこのまま着陸するだけだ。

少しでも気を抜くと、機は横にぶれ始める。この状況で二十ノットの横風を受けながら水平なポジションを保ち、真っ直《まっす》ぐ滑走路に降りるのは至難の業だ。しかし、待っていても風が止《や》む保証はないし、時間がたつほど機のコントロールがきかなくなる恐れもある。

前方に小さく羽田空港の滑走路が見えてきた。

――着陸するなら、やはり早いほうがいい。

村松は最終判断を下した。

操縦桿《かん》を握る手に汗が滲《にじ》む。

「OK。ギアダウン」

村松が指示する。

「ギアダウン」

二ノ宮が繰り返す。計器の表示を確認すると、

「ギア降りました」

すぐに報告する。

「ランディング　チェックリスト」

――いよいよ最終段階に入る。

村松は大きく一度息をついた。

轟音《ごうおん》を上げながら、ジャンボジェット機が頭上を通り過ぎて行く。

大輔は、双眼鏡でその姿を追った。エンジンのひとつが脱落し、機体の横腹が傷ついているのがはっきりと見える。

「えッ！」

機体の下側を見た大輔は、思わず声を上げた。

右翼側には車輪が出ている。

しかし、左翼側は――

「車輪が出ていません！」

大輔は、無線に向かって怒鳴った。

〈206便、ギアが出ていない!〉

無線から悲鳴のような管制官の声が聞こえた。

「ええッ!」

二ノ宮が計器に目を落とす。

「ギアは『ダウン　アンド　ロック』の表示が出てます」

「油圧系統がいかれたんだ」

——まずい!

村松は前方に目を向けた。滑走路はすぐそこに迫っている。このまま着陸したら、間違いなく機は爆発炎上する。

「キャプテン!」

二ノ宮が目を剝《む》いた。

「ゴー　アラウンド!　マックスパワー!」

二人は目の前のレバーを握った。それを手前に引く。

——間に合ってくれ。

「うおおおッ!」

村松は雄叫《おたけ》びを上げた。


突然の急加速に、キャビンは絶叫に包まれた。

足下が、細かい振動と共にガタガタと音を立てる。

ゴーッ、というエンジン音が鼓膜を揺さぶる。

揺れはどんどん激しさを増している。

「死にたくない！」

誰かが叫んだ。

そのとき、機体の右側が浮き上がった。

キャビンが斜めに傾く。

——もうダメだ。

美香は死を覚悟した。

対策室では、全員が息を詰めてスクリーンを見つめていた。

いくつかのカメラが、違う方向から滑走路を映している。そこに、２０６便が近づいて来る。

ゆっくりと下降してきた機は、今度は速度を上げながら機首を上に向け始めていた。
着陸を回避できるかどうかぎりぎりのところだ。
〈ゴー　アラウンド　マックスパワー！〉
コックピットの声が、静まり返った部屋に響く。
次の瞬間――
強い横風を受けて、機体の右側が浮き上がった。
斜めになった状態で、ジャンボの巨体が滑走路に近づく。
――激突する。
誰もがそう思った瞬間、ぎりぎりのところで機は体勢を立て直した。
滑走路をこするようにして上昇に転じ、再び空に舞い上がって行く。
「おお……」
対策室に一斉に安堵《あんど》のため息が漏れた。
「着陸は中止！　中止されました！」
通信士が声を張り上げた。
『いず』の甲板からも、高度を上げて空港を行き過ぎる２０６便の姿が見えている。

「どうなってんだ」

困惑した表情で戸川がつぶやいた。

大輔は、隣に立つ吉岡に目を向けた。吉岡は顔色を失っていた。その目は虚《うつ》ろで、焦点が合っていない。何も考えられない状態なのかもしれない。

――大丈夫。きっとみんな助かる。

大輔は吉岡の肩を叩《たた》いた。

「大丈夫だ」

声に出して言うと、吉岡の表情がいくらか弛《ゆる》んだ。

環菜には、根拠がない、と怒られるかもしれない。でも、大輔はそう信じていた。

3

環菜は、大洋の手を引いてショッピングモールを歩いていた。

大洋はさっきから、おなかがへった、と繰り返している。夕方に間食すると晩御飯を食べてくれなくなるので、できればこのまま家に帰りたいところだが、そういう環菜も小腹が空いていた。

大洋を妊娠していたときはずっと体調が悪く、あまり食べられなかったのに、二人目となると身体が慣れたのか、やたらに食欲がある。いいことじゃないか、と大輔は言ってくれるが、妊娠中に太ったまま元に戻らなくなることもあるというから要注意だ。

「おなかへった」

ぐずりながら大洋が手を引っ張る。

「しょうがないなあ」

言いながら肩をすくめると、環菜は立ち止まった。大洋が期待のこもった目で見上げている。

――ま、たまにはいっか。

自分で自分を納得させ、

「何食べたい？」

腰を屈《かが》めて大洋に顔を近づける。

「ドーナツ！」

大洋はすぐに答えた。

「ドーナツ食べたい？」

ドーナツは環菜も大好物だ。

「よし、ドーナツ食べよっか」

大洋が嬉《うれ》しそうに顔をくしゃくしゃにした。大洋が笑うのを見ると環菜も嬉しくなる。

「でも、一個だけよ」

しっかり釘《くぎ》を刺してから、ときどき行くドーナツ店に向かおうと再び歩き出したとき、前方の壁のスクリーン前に人だかりができているのが目に入った。

どうやら臨時ニュースが流されているようだ。画面には空港の滑走路が映っている。

「飛行機事故だってよ」

若い男の声が聞こえた。

なんだろう、と思いながら近づくと、画面が女性レポーターに切り替わった。

〈現在、羽田空港は非常に緊迫した雰囲気に包まれております〉

レポーターが伝え始める。

〈２０６便からのエマージェンシーコールが空港管制室に入ったのは午後三時二分。現在対策本部が設置され、この事故に対応しています。シドニー発羽田着Ｇ―ＷＩＮＧ２０６便は、現在も飛行を続けており――〉

環菜は息を呑《の》んだ。

つい数日前、吉岡のプロポーズを断った、という電話がかかってきたとき、美香は、次のフライトはシドニーだと言っていた。日本に帰って来たらもう一度ちゃんと話し合ったほうがいい、と環菜はアドバイスした。

「美香ちゃん……」

間違いない。事故機には美香が乗っている。

「大洋、帰ろう」

きょとんとした顔で見上げる大洋を抱きかかえると、環菜はタクシー乗り場に向かって走り出した。

4

「ギアが出ない？」

伊勢原の顔が歪《ゆが》んだ。

「村松機長は、あらゆる手段を尽くしたが車輪は出ないと。しかも、右翼側の車輪は出たまま元に戻らないようです」

報告する空港長の堂上も苦悶《くもん》の表情だ。

「車輪が出ないって……」

辻は、呆然《ぼうぜん》としながら伊勢原と堂上の顔を見比べた。

「じゃあ、どうやって着陸させるんですか」

「残りの燃料は？」

伊勢原がＧ─ＷＩＮＧの社員に確認する。

「八十分ぶんです。ですが、八十分も飛んでいられるかどうか」

「八十分……」

──このままでは、２０６便は、燃料が切れると同時に墜落するしかない。

誰もがうつむき、肩を落とした。

対策室は静まり返った。

「胴体着陸しかない」

沈黙を破ったのは堂上だった。近くにいた全員が顔を上げ、空港長に目を向ける。

「ジャンボですよ。片側の車輪が出たままで胴体着陸なんて」

非難するような口調で坂巻が言った。

「バランスを崩して機体が大破するぞ」

「乗客が無事でいられるわけがない」

消防と警察の幹部が、続けて口にする。

「危険は承知です」

堂上は引かない。

「どんな状態であっても、C滑走路に着陸を――」

「そんなの着陸とは言わないでしょう。墜落ですよ！」

食ってかかる坂巻に向かい、

「じゃあ、燃料がなくなるまでずっと飛び続けろって言うのか！」

堂上は怒鳴り返した。

「どうにかして降ろさないと、誰も助からないんだぞ！」

再び対策室に沈黙が舞い降りた。

今度の沈黙は、さっきよりもさらに重かった。誰もが声を失い、動きを止めていた。

堂上は、苛々《いらいら》とした様子で近くのデスクの前に座ると、背広のポケットからタバコを取り出した。しかしすぐに、ここが禁煙であることに気づいて、それを握り潰《つぶ》す。

その様子を、全員が無言で見つめている。

下川は、さっきから、ある方法を考え続けていた。

リスクは大きい。しかし、完全に議論が行き詰まった今、もはやこの手段しかない、と思った。

「東京湾に着水させたらどうでしょう」

思い切って提案した。

今度は、対策室にいた全員が驚きに目を見開いた。

「海に降りれば、少なくとも建物への衝突や炎上の可能性はありません。乗員乗客へのダメージも軽減できます」

「海上着水ですか……」

伊勢原が目を細める。

「そんなことができるんですか?」

辻は、信じられない、といった表情だ。

「二〇〇九年。ニューヨークのハドソン川にUSエアウェイズ機が着水して、乗員乗客全員が助かりました」

すかさず三井が説明を加える。

「あれは、たまたま近くにいた船が救助したからだ」

堂上が反論する。

「着水に成功したとしても、ジャンボが浮いていられるのはせいぜい二十分です」

伊勢原も否定的だ。

「沈み出したら、あっという間に東京湾の底です」

「わかっています」

下川は動じない。

「着水地点を決めて、そこに我々が待機し、飛行機が着水すると同時に救助にあたるんです。警察、消防、海保が総力で臨み、十五分で全員を脱出させせましょう」

集まっている幹部たちは、思わず顔を見合わせた。どう応《こた》えたらいいのかわからない様子だ。

「空にいる三百四十六名を助ける方法が、他にありますか？」

幹部たちひとりひとりに下川が目を向ける。ある者は目を逸《そ》らし、ある者は不安げな顔で見返してきた。

「どこに着水させるんですか？」

伊勢原が質問した。

「危険を回避するためには、まずコンビナートから離れた場所」

説明しながら、下川は、ホワイトボードに貼《は》られた東京湾の地図の前に歩いた。

その周りに幹部たちが集まってくる。

「さらに、船の航路から外れていて、北東からの風に対し、南西から進入していけることも条件です」

「上空からわかる目印も必要です」

三井が付け加えた。

「ここだ」

下川が地図上の一点を指差した。

「海ほたるを目印にして、羽田沖五キロ地点。ここなら、一時間で救助態勢を整えることができます」

「一時間？」

すぐに伊勢原が声を上げた。堂上も顔をしかめている。

「何か？」

「下川さん。そんなには待てませんよ」

堂上の声は苦しげだ。

「待てない？」

「一時間後では陽《ひ》が落ち過ぎて、目視では海面との距離が摑めなくなります。見えない海に着水するのは、絶対に不可能だ。それこそ自殺行為ですよ」

それだけ言うと、堂上は肩を落とした。

「なんとか、陽が傾く前に救助態勢は取れないんですか？」

伊勢原が訊《き》く。

しかし、下川は答えられなかった。

どんなに急いでも、救助態勢を整えるのに最低一時間は必要になる。態勢が整う前に着水すれば、何もできないまま機は沈んでしまう。それでは意味がない。

「ああ……」

坂巻が天を仰いだ。

「もう選択肢はないのか」

呻《うめ》くように言いながら、伊勢原がデスクに両手をつく。

下川は目を閉じた。

――万事休すか。

絶望的な気分で唇を噛《か》む。

「やはり、胴体着陸しかない」

堂上はつぶやいた。

5

「えッ」

「胴体着陸？」

角倉からの報告に、吉岡と大輔は、同時に驚きの声を上げた。

巡視船『いず』の操舵室《そうだ》には、第二特救隊の隊員の他、船長、航海長なども顔を揃《そろ》えている。その全員が角倉の周りに集まっていた。

「それは、決定ですか？」

大輔は問い返した。

ジャンボジェットが胴体着陸するなど、聞いたことがない。しかも、206便は左翼のエンジンを失い、油圧系統にもトラブルを抱えている。そんなコントロールのききにくい状態で胴体着陸などしたら、大惨事が起きるのは明らかだ。

「ああ。そう決定した」

大輔に目を向け、固い表情で角倉は答えた。

吉岡は呆然としている。

「海上への着水は検討されなかったんですか？」

嶋が訊いた。

「地上に降りて建物にぶつかるよりはマシでしょう」

「海上着水も検討されたそうだ。だが、救助態勢が整うまでに海面が見えなくなるという理由で却下された」

「ああ」

「そうか」

山根と戸川が、揃って残念そうな声を上げる。嶋も、仕方がない、というようにため息を漏らす。

「僕らは、何もできないんですか？」

吉岡が声を上げた。その顔からは血の気が引いている。

「引き続き、海上で待機し続けるしかない」

角倉も無念そうだ。

大輔は海面に目をやった。

嶋の言うように、空港に胴体着陸するよりは海上に着水したほうが、乗員乗客が助かる可能性は高いはずだ。時間がないとあきらめるより他に、何か方法はないのか。

「胴体着陸は、Ｄ滑走路を使用することが決定した」

船長が言った。

「本船は２０６便がオーバーランしたときに備え、Ｄ滑走路北東端一マイル付近に船位する」

「これより航走を開始する」

航海長が告げると、通信士が船内放送用のマイクを握った。

「本船は羽田空港Ｄ滑走路、北東端一マイル付近に船位する。これより航走を開始する」

出航するために船長たちが動き出したとき、大輔の頭に、不意にあるアイディアが閃《ひらめ》いた。

闇《やみ》に包まれた海中深くから浮上するとき、潜水士は、海面を通して差し込む太陽の光を見るとホッとする。ゆらゆらと頭上で揺らめく光を目指して浮き上がって行く。

では、逆に、空の上から光を目指せないだろうか。光に向かって降りて行くことは不可能だろうか。

突拍子もない方法だが、進言してみる価値はある。

「隊長」

大輔は角倉に声をかけた。

「なんだ。仙崎」

「海面が見えればいいんですよね」

第二特救隊全員が、訝《いぶか》しげな視線を大輔に向けた。

6

対策室では、マイクを手に、伊勢原が村松機長に指示を与えていた。そのやりとりを、固唾《かたず》を呑んで全員が見守っている。

胴体着陸しか方法がないことを伝えると、最初村松は絶句したものの、すぐに落ちついた声で指示を仰いできた。

機長のその冷静な態度に、皆が安堵していた。

「滑走路への胴体着陸となれば、ある程度の火災は覚悟しなければなりません」

淡々とした口調で伊勢原が続ける。

「それを最小限に抑えるために、２０６便はぎりぎりまで上空を旋回し、燃料を減らしてください」

下川は拳《こぶし》で小さくデスクを打った。着陸までにできるのは燃料を減らすことだけで、地上にいる自分たちは、指をくわえて見ているしかない。それが悔しかった。

〈了解しました〉

伊勢原が全ての指示を終え、村松が応えたとき――

「ちょっと待て」

中央のデスクで無線を握っていた三井が声を上げた。今度は全員の視線が三井に集まる。

「課長！　現場の特救隊員が！」

何事かと顔を向けた下川に向かって小さくうなずくと、

「下川課長に直接説明しろ」

三井は手にしていた無線を差し出した。

下川が歩み寄り、それを手に取る。

対策室にいる全員に聞こえるよう、三井は無線をスピーカーに切り替えた。

〈下川さん。仙崎です〉

「仙崎」

その名前を聞いた途端、下川の胸の中に小さな希望の灯《ひ》がともった。仙崎は、救難現場でこれまで何度も奇跡をもたらしてきた。その男が現場の最前線にいるというだけで心強い。

「どうした」

聞き返す声に力がこもった。

〈海面が見えなくても着水できるよう、滑走路を作ったらどうでしょう〉

「滑走路？」

意味がわからず、対策室にいる全員が一斉に眉《まゆ》をひそめた。

「どういうことだ」

〈海上にライトを並べるんです。上空からはっきり見えるように、誘導灯を作るんです〉

「誘導灯……」

〈そうすれば、２０６便の着水時間を遅らせることができます。僕たちが救助態勢を取る時間が確保できますよ〉

対策室にざわめきが起こった。

「そんなことができるんですか？」

まだコックピットと繋《つな》がっているマイクを手にしたまま、伊勢原がたずねた。

「ジャンボを誘導するには、進入灯だけで、最低で九百メートル。滑走路灯は二千メートル必要です」

堂上が下川に告げる。

「仙崎。三千メートル近い誘導灯を作るとなると、相当な数の明かりを並べなければならないぞ。２０６便の燃料を考えると、時間は六十分しかない。できるのか？」

そんなことはいまだかつて行なわれたことがない。下川にも、それが可能なのかどうか判断がつかなかった。

〈——できるのか？〉

下川の声が操舵室に響いた。

無線を持つ大輔の周りを、特救隊の隊員が囲んでいる。下川の問いかけに、隊長の角倉も、嶋も、答えることができない。

海上に滑走路を作るなど、今まで誰もやったことがないのだ。それが一時間でできるかどうかなど誰にもわからない。わかるはずがない。

しかし——

「下川さん。『希望がある限り絶対にあきらめるな』と教えてくれたのは、下川さんですよ」

六年前のフェリー事故で絶体絶命の窮地に陥ったとき、大輔に勇気を奮い起こさせてくれたのは、下川のその言葉だった。少しでも可能性があるのなら、どうしてあきらめる必要があるだろう。２０６便の乗員乗客全員を救う道は、海上着水しかないのだ。

大輔は嶋の視線を感じた。感情的になり過ぎだ、と嶋はまた言うかもしれない。でも、人に力を与えるのは希望や勇気だ。人間にしかないその感情が、不可能を可能にする。

「やらせてください、下川さん！　お願いします！」

大輔は声を張り上げた。

〈――お願いします！〉

大輔の声が対策室に響き渡った。

下川が伊勢原に視線を向ける。伊勢原はうつむいた。どうすべきか、迷っているのは明らかだった。

海上での作業が中途半端な状態で終わり、機が海に突っ込んでしまったら、三百四十六名の命は程なく海の藻屑《もくず》と消える。それなら胴体着陸のほうが、まだ少しでも助かる命はあるかもしれない。

誰もが伊勢原の決断を待った。しかし、伊勢原はなかなか顔を上げない。じりじりとした時間が過ぎていく。

〈海上着水でいきましょう！〉

沈黙を破ったのは、機長の村松だった。

「機長」

堂上が驚きに声を上げる。

〈誘導灯を作ってもらえるなら、我々にとって、それ以上の希望の光はありません〉

希望の光——という言葉に、今まで下を向いていた人々が顔を上げた。澱《よど》んでいた対策室の空気が、一気に晴れたかのようだった。

〈海上着水でいかせてください！〉

決然とした口調で、村松は言った。

対策室の視線が伊勢原に集中した。今や皆の意思は明らかだった。気持ちはひとつになっている。

その無言の圧力に押されるようにして、

「海上着水だ！」

とうとう伊勢原は決断した。

「はい！」

全員が声を揃えて応える。

「海上着水でいきます！」

その瞬間、それまで動きを止めていた対策室が動き出した。

目を輝かせてそれぞれの仕事を始めた人々を見ながら、下川は無線を握り直した。

「仙崎。直ちに誘導灯設置に取りかかれ！」

そう命じると、すぐに三井に向き直る。

「全巡視船を着水地点に集結させろ。現場海域に停泊中、および通行予定の船舶は、全て移動させるんだ」

「わかりました」

デスクを離れて三井が走り出す。

「我々警察も、全力を挙げて海上保安庁をサポートします」

警察幹部が、席を離れて歩き出しながら声をかけてきた。

「よろしく」

下川が軽く頭を下げる。

消防関係者や赤十字の社員は、救急車と医師の手配、救護センターの設置の指示を出している。堂上は、過去の海上着水のデータを全て調べるよう、空港職員に命じている。

誰もが慌ただしく動き回っている中で、国交省の坂巻だけがまだ立ち尽くしていた。

「ジャンボを海に……」

呆然とつぶやいた言葉が、下川の耳に届いた。

そんなことが本当に可能なのかどうか、坂巻は不安で仕方がないのだろう。あるいは、前代未聞の措置をとって失敗した場合の責任の取り方について、頭を巡らせているのかもしれない。

——絶対に成功させなければ。

固く心に誓うと、下川は、海上保安庁へ連絡するために無線を手に取った。

7

第二特救隊は、いったん羽田の基地に戻るため、『いず』の甲板からヘリで飛び立った。

図面を広げた角倉を隊員が取り囲んだ。

「進入灯は、縦に九百メートル、横に三十メートルのT字形」

角倉がマジックペンで、海上の滑走路を描いていく。

「滑走路灯は六十メートルの間をあけて、二千メートルを二本」

長い、と大輔は思った。これは想像以上に大変な作業になる。

「二百個近くのライトとブイが必要になりますね」

吉岡の指摘に、

「特救隊と三管にあるものだけではとても足りないですよ」

山根が付け加える。

「消防、警察、自衛隊に器材の協力要請だ」

戸川はすぐに必要な資器材をメモした。手を伸ばしてそれを通信士に渡す。

「着水地点は潮の流れが速い」

今度は、角倉は図面に潮流を描き込んだ。

「海上にこれだけ多くのライトを一直線に並べるのは難しいぞ」

「流されないように、全部のブイにアンカーをつけましょう」

大輔が進言する。

「巡視船に測定してもらって、ずれたブイだけ我々が修正する」

嶋が補足した。

「いずれにせよ、時間との勝負になるぞ」

角倉の言葉に、全員が深くうなずいた。

こうしている間にも陽は落ちていく。できればまだ明るい間に滑走路は作ってしまいたい。救助の本番は、それからなのだ。

大輔はヘリから海上を見下ろした。

風がおさまってきているのか、波はさっきほど高くない。このまま凪《な》いだ状態に向かうことを大輔は願った。

吉岡は、祈るように目を閉じている。あえて声はかけなかった。言葉にしなくても気持ちは通じている。

ダイバーズウォッチに目を落とす。

ジャンボの着水まであと一時間。そのときは自分たちも、命を賭《か》けて救助にあたらなければならない。

文字盤を見ているうちに、環菜の顔が浮かんだ。

時計は環菜がプレゼントしてくれたものだ。まだ結婚する前のことで、表面はとっくに傷だらけになっているが、壊れるまで買い替えるつもりはなかった。お守りのような気がしていた。

——全員助けて、吉岡と美香ちゃんと三人で戻るからな。

頭の中の環菜と大洋に向かって、大輔は約束した。

V

1

官舎の部屋に戻ってくると、環菜は、すぐにテレビのスイッチを入れた。

普段ならドラマの再放送をしているチャンネルなのに、今は画面に航空機の写真が映っていた。おそらくどの局でも事故の様子を生中継しているのだろう。

航空機は、左翼のエンジンがあったはずの部分が、黒く焼け焦げたようになっている。機体に傷がついているのもわかる。しかも、車輪が片側しか出ていない。

——こんな状態で飛んでいたのか。

環菜は両手を口にあてた。あの中に美香がいるかと思うと、足がすくんだ。

何もわからない大洋は、おなかがへった、とまたぐずり始めている。

「大洋、ちょっと待っててね。今、なんか作るから」

そう言ってキッチンに向かいかけたとき、東京湾への着水、という言葉が聞こえた。

驚いて振り返ると、番組のキャスターが、現地の男性レポーターと話を始めていた。

〈もう一度確認します。G—WING206便は、東京湾への着水を決めたわけですね〉

キャスターの問いかけに、

〈そうです〉

画面のレポーターは深刻な顔でうなずいた。

「着水？」

環菜は思わず声を上げた。

〈乗員乗客三百四十六名の運命は、村松機長と海上保安庁に託されたということになります〉

心臓が大きく跳ね上がった。特救隊は間違いなく救助の最前線に向かうことになる。

〈そうですか。ありがとうございます〉

スタジオに画面が切り替わった。キャスターの横に、よく見る航空評論家が座っている。

〈青木《あおき》さん、いかがですか？〉

キャスターが評論家にたずねた。

〈これは大変な賭《か》けですよ。海上着水を日本で行なった前例はありませんから〉

評論家の答えに、環菜はその場に棒立ちになった。いつもと違う母の様子に、大洋もいつの間にか静かになっている。

画面にまた航空機の写真が映し出された。

——頑張って、美香ちゃん。

テレビに向かって心の中で呼びかけ、胸の前で両手を組み合わせる。

——大輔くん、吉岡くん。美香ちゃんを助けて。

環菜は祈った。

2

コックピットからの緊急呼び出し音に、CAたちは各々近くにある受話器をとった。

乗客の様子を気にしながら、美香も耳にあてる。

〈落ち着いて聞いてくれ〉

村松の声が耳の中で響く。

〈この機は、東京湾へ着水する〉

——着水！

受話器を握る手が震えた。

空港に着陸しないで再び上昇したから、何か重大なトラブルが起きたのはわかっていた。それにしても、東京湾への着水など前代未聞だ。

〈乗客がパニックにならないよう、冷静な行動を呼びかけてほしい〉

村松の口調は冷静だ。いつもの機長と変わらない。

他のCAに目を向ける。誰もが必死で動揺を抑えようとしているのがわかる。それを見て逆に、美香はいくらか落ち着きを取り戻した。

みんな恐いのだ。恐くて当たり前だ。でも、自分たちが慌ててはいけない。絶対に乗客に動揺を悟られてはいけない。

〈乗客の皆さま〉

ほどなく、機内アナウンスが始まった。

〈機長の村松です。この機は、車輪とコントロール関係に不具合が生じたため、空港への正常な着陸が不可能になりました〉

一瞬、静まり返ったかと思うと、キャビン内はすぐに騒然となった。

〈私の判断で、この機は、東京湾の海上に着水させます〉

「海上！」

「何言ってんだ！」

「そんな無茶な！」

「俺たちを殺す気か！」

誰もが口々に喚《わめ》き始める。

「落ち着いてください！」

「皆さま、落ち着いて聞いてください！」

ＣＡたちがなだめるが、乗客の興奮はおさまらない。

〈しかし、これは決して絶望的な状況ではありません〉

村松は、落ち着いたよく通る声で続けた。

〈着水地点には、海上保安庁が我々を待ち構えてくれています〉

美香がハッと顔を上げる。吉岡の顔が浮かんだ。

〈彼らは、必ず皆さん全員を救助してくれるはずです。私も必ず着水を成功させ、皆さまを無事に、ご家族のもとにお返しいたします。皆さま、乗務員の指示に従って、冷静な行動をおとりください〉

――吉岡くんが助けに来てくれる。

涙がこぼれそうになった。唇を噛《か》み締めてこらえ、キャビンを見回す。

「大丈夫です。必ず助かります！」

騒ぎ続ける乗客に向かって、美香は声を張り上げた。

3

羽田空港の器材庫では、大輔と吉岡が、ライトにバッテリーを装着する作業を黙々と続けていた。時刻は午後五時半になろうとしている。

「大輔さん」

もう少しで全《すべ》ての作業が終わるというとき、吉岡が口を開いた。

「本当は俺、プロポーズしたんですよ、美香に」

「えッ」

大輔が手を止め、吉岡を見る。

「見事に断わられました。結婚はできないって」

「そうか」

「でも、あいつには幸せになってほしいんです。生きて、俺とじゃなくても、誰かと幸せになってほしいんです」

「吉岡……」

「大輔さん。奇跡は起こりますよね」

吉岡の目は真っ赤だ。

「全員助かりますよね」

「助かるよ」

大輔は口許に笑みを浮かべた。

「でも、奇跡じゃない。俺たちが全員助けるんだ」

「はい」

「今、空を飛んでいる三百四十六人は、みんな生きたいと願ってるんだから」

「はい」

吉岡は、大輔を真っ直《ます》ぐ見つめながら深くうなずいた。

仙崎、と呼ぶ声に振り返ると、少し離れた場所で作業をしていた嶋が近づいて来るところだった。

きっと今の会話も聞かれていたのだろう。また「吉岡は置いておく」と言われるかと思い、大輔は身構えた。何があっても吉岡は連れて行くつもりだった。

しかし嶋は、

「あと五分で離陸だ。急げ」

そう告げただけだった。

「嶋さん……」

相変わらずぶっきらぼうだが、何かが少しだけ変わったような気がした。

「行くぞ、吉岡」

全てにバッテリーを装着し終えると、ライトが詰まったケースを抱えて、大輔は立ち上がった。

4

対策室は慌ただしさを増していた。

これまで担当ごとにバラバラに配置されていたデスクが部屋の中央一か所に集められ、それに合わせてパソコンなどが接続し直された。何種類かの図面がデスクに積まれ、壁には新しいモニター画面も設置された。

デスクの周りに幹部たちが集まった。その中心にいるのは下川だ。

「課長」

それまで無線を聞いていた三井が、報告のため下川に歩み寄る。

「誘導灯設置の進捗《しんちょく》状況ですが、千葉県警第二機動隊が防水ライトを提供してくれました。今、特救隊が中心となって着水地点に設置を始めています」

「着水海域の船舶の移動は？」

「まだ六隻残っています」

「急がせろ。着水までに、なんとしても移動を間に合わせるんだ」

「はい」

三井がまた無線に戻る。

着水地点の海図をデスクの上で広げると、下川は飛行機の模型を手に取った。周りを囲んでいる幹部が身を乗り出す。

下川は、海面に描かれているT字滑走路の上に飛行機を滑らせた。

「206便が着水すると同時に」

飛行機を止めてそのままそこに置くと、

「周囲に待機していた救助隊が直ちに接近」

今度は、巡視船や小型艇に見立てた丸いマグネットを動かす。

「ただし、機体からジェット燃料が漏れている可能性があるので、機体近くではエンジンを止めること。これは警察消防の船も同様です」

「はい」

緊張した声音で関係者が返事する。

「それでも、接近に二分以上はかけられません。時間がありませんから。出て来た乗客は小型艇に乗せ、無傷の人は巡視船に、怪我人《けが》はそのまま大井埠頭《ふとう》と千葉中央埠頭に運びます」

「埠頭に運ばれた怪我人は」

消防の幹部が続ける。

「現場救護所で、赤十字と民間のドクターが応急処置。重傷者はそこから救急搬送」

「すでに東京と千葉全ての救急救命センターが、受入態勢を整えてくれています」

別の消防関係者が補足する。

「救急車が足りないときは、我々警察が誘導します」

警察幹部の言葉に、

「よろしくお願いします」

消防幹部が頭を下げる。

「とにかく、初動が重要です」

下川はそこにいる全員の顔を見回した。

「飛行機が沈む前に、なんとしても三百四十六人全員を脱出させましょう」

「はい！」

声を揃《そろ》えて応《こた》えると、皆は各々の仕事に戻った。

下川は腕時計を見た。

ジャンボ着水まであと三十分――。

5

海上に並んだ巡視船を目印に、ヘリから次々に発光ブイが落とされていく。落下位置がずれた場合には、巡視船の航海長から、すかさず無線で連絡が入る。特救隊をはじめ、集められた潜水士が全員で、指示に従ってブイを動かす。

前例のないことなので最初のうちは要領がわからず、ヘリと巡視船、潜水士との間の連携もうまくいかなかったが、慣れるに従って作業のピッチは上がっていった。間に合わなければ乗員乗客三百四十六名の命が失われる。誰もが必死だった。

幸運だったのは、風が止み、波がおだやかになったことだ。荒れた天候のままだったら作業ははかどらず、海上滑走路の時間内の完成は難しかったかもしれない。

目標の一時間ちょうどで、作業は完了した。

付近に停泊していた船舶の移動も無事終え、あとは２０６便の着水を待つだけになった。

第二特救隊は、いったん『いず』に引き上げた。そこからヘリとゴムボートに分かれて着水地点に向かうことになっている。

仲間といっしょに甲板に上がると、大輔と吉岡は、誘導灯の設置が完了したことを告げに操舵《そうだ》室に向かった。

「ごくろうさまでした」

肩で荒い息をしている二人に、船長はまず労《ねぎら》いの言葉をかけてくれた。すでにヘリのスタンバイもできているという。

礼を言って甲板に戻ろうとしたとき、

「しかし船長、絶対的に船の数が足りません」

航海長の言葉に、大輔と吉岡は足を止めた。

「とても十五分以内に全員を救助することは……」

そのあとの言葉を航海長は呑《の》み込んだ。船長も苦悩の表情だ。

――船が足りない。

そんなことは考えてもみなかった。

「我々だけでなんとかするしかない」

強い口調で、船長は言った。もう時間がないのだ。他から船を集めている余裕はない。

「船長！」

そのとき、ヘッドホンで無線を聞いていた通信士が呼びかけた。

「聞いてください」

無線をスピーカーに切り替える。

〈第一海洋丸がそっちに向かったぞ！〉

〈浅井《あさい》さんとこも船を出すってよ！〉

〈蒲田《かまた》さんとこにも連絡してみてくれ〉

なんの無線交信かわからず、大輔は吉岡と顔を見合わせた。

「民間の船舶無線です」

通信士が説明する。

〈動かせる作業船は、海上保安庁の救助を手伝おう！〉

〈みんな来い！　人の命がかかってんだ！〉

男たちが口々に呼びかけている。

「着水地点に集まって来ます！」

レーダーを見ていた航海長が、振り返って言った。

近づいて見ると、いくつもの船影が映っている。その全てが、２０６便の着水予定地に向かっていた。船の数が足りないことをどこかから聞きつけ、声をかけあって救助に協力しようとしてくれているのだ。

「大輔さん」

吉岡は、感激に声を上ずらせた。大輔の胸にも熱いものがこみ上げてきた。

「俺たちも行くぞ！」

「はいッ」

大輔と吉岡は操舵室を飛び出した。

6

コックピットはガタガタと揺れ続けている。さらにコントロールがきかなくなってきた。

もう限界だ、と村松は思った。

「大丈夫ですか、キャプテン」

二ノ宮が不安げな顔を向ける。

「海上着水なんて、シミュレーションさえやったことがないんですよ」

その通りだ。ジャンボの海上着水など、本気で考えたことなどなかった。

しかし、それしか乗員乗客を助ける道はない。

「ナンバースリー、フォーエンジンと、燃料をチェックしてくれ」

表情を変えることなく村松は指示した。

大きくひとつ息をつくと、機内放送のスイッチを入れる。

「乗客の皆さま。当機は間もなく着水いたします」

できるだけゆっくり、はっきりとした口調を心がけて話す。

「衝撃が予想されますので、乗務員の指示に従い、安全姿勢をおとりください」

間もなく燃料が尽きる。もう待てない。

海上に光の滑走路ができていることを、村松は祈った。

「お客様、安全姿勢をとってください！」

美香たちＣＡは、乗客ひとりひとりに声をかけていた。すでに全員がライフベストを身につけ、着水に備えている。

「頭を下げて、安全姿勢をとってください」

「眼鏡、ボールペンその他、先の尖《とが》った物は全て外してください」

一度だけでなく、何度も通路を往復しながら、乗客の様子を確認していく。

――泣きながら手帳に遺書を書いているビジネスマン。

――無言でじっと見つめ合う若いカップル。

――手を握り合っている老夫婦。

――ぐったりと座席にもたれかかっている女子大生のグループ。

叫んだり悲鳴を上げたりする乗客は、もういない。ときおり聞こえてくるのは、赤ちゃんの弱々しい泣き声だけだ。

緊張で張りつめた空気の中、誰もが怯《おび》え、震えていた。

「僕、泳げないよ」

べそをかきながら俊介が美香を見上げた。

「大丈夫」

その横にしゃがみ、手を握る。

「海上保安官の人たちが助けてくれるから」

「海上保安官？」

「あの人たちはね、毎日すごい訓練をしているの。人を助けるために。だから大丈夫。絶対大丈夫だから」

「どうしてそんなことがわかるの？」

「私の大好きな人が海上保安官だから」

吉岡の顔が浮かんだ。

事故が起きてから何度思い浮かべただろう。今では、自分には吉岡くんがついてくれているのだ、と素直に思える。吉岡くんが守ってくれる、と信じられる。

「きっとみんな助かる。お姉さんが約束する」

きっぱりと美香は言った。安心したようにうなずくと、俊介は頭を下げて安全姿勢をとった。

「間もなく着水します！」

立ち上がり、背筋を伸ばすと、美香は大声で告げた。

7

着水予定地の周りを、無数とも思える船舶が取り巻いていた。海上保安庁の巡視船や小型艇、消防警察の船舶の後方には、たくさんの漁船や民間の作業船が控えている。海上では、特救隊全隊の他、各地から集められた機動救難士たちもスタンバイしていた。服部たち五管の救難士は、巡視船『とさ』の後部甲板で待機している。

大輔と吉岡はヘリに乗り込んだ。

上空から現場付近の状況を報告し、206便の着水後は、ヘリから機に降りて救助活動に加わることになっている。第二特救隊の他の隊員は、『いず』からゴムボートに乗り移った。

〈これからここに、三百四十六人を乗せた飛行機が降りてくる〉

無線から角倉の声が聞こえてきた。ヘリの中で、大輔と吉岡がじっと耳を傾ける。

〈無事着水しても、ジャンボが浮いていられる時間は二十分。沈んだら水深六十メートル。我々潜水士でも手出しできない領域だ。救助は時間との勝負だ〉

〈いつもなら重傷者を優先するが〉

嶋の声に変わった。

〈今回は違うぞ。動ける人から助けていかないと間に合わない。重傷者は後回しだ〉

大輔は唇を噛《か》んだ。

目の前の重傷者を放《ほう》っておかなければならないのはつらいが、今回は嶋の言うことはもっともだと思う。

ヘリが、着水予定海域上空にさしかかった。

通信士が大輔にヘッドセットを手渡す。206便に現場の状況を知らせるよう、対策室から要請がきていた。無線はコックピットと繋《つな》がっている。

誘導灯の設置状況を、まず村松はたずねた。

「誘導灯設置、救助態勢、全て整いました」

ヘリから海上を見回しながら、大輔が答える。

〈着水海域の状況は?〉

「現在、北東の風八メートル。やや弱まりつつあります。波も一メートル程度まで収まってきました」

〈視程は?〉

「良好です。海上のうねりもほとんどありません」

〈救助態勢は？〉

「海保や消防警察の船舶の他、民間の漁船や作業船も待機してくれていますし、近くの港にはドクターたちも駆けつけてくれています。全員が２０６便の皆さんを助けるつもりでいるんです」

〈そうですか……〉

村松の言葉が途切れた。

「ここにいる全員が、２０６便のことしか考えていません。なんとしてでも海上着水を成功させてください、村松さん」


対策室のスピーカーで、二人の会話が流れている。

誰もが作業の手を止め、耳を傾けている。

下川は、腕組みの姿勢のままじっと動かない。

ゴムボートの上で、嶋は薄く目を閉じた。

角倉は海面に目を落とし、戸川と山根は２０６便がやって来る方向を見上げている。

誰も口を開かず、ただじっと大輔と村松の会話に耳を傾けている。

〈飛行機が海に降りてさえくれれば、僕たちが必ず救助します。206便の皆さん全員を、必ず家族の許に返します〉

村松は、懸命に語りかけてくる隊員の声に聞き覚えがあった。

「あなたは、誘導灯の設置を提案してくれた方ですね」

村松が訊くと、隊員は、そうです、と答えた。

「お名前は？」

〈仙崎です〉

「ありがとう。あなたのおかげで勇気が湧《わ》いてきましたよ」

村松はわずかに頬《ほお》をほころばせた。

「実は来週、子どもが生まれる予定なんです。結婚十年目でやっとできた子ですからね。会いたいですよ」

〈僕も、二人目の子どもが妻のお腹《なか》の中に……。生まれたらいっしょに遊ばせましょう〉

「じゃあ、無事に家に帰らなきゃ」

〈そうですよ、村松さん〉

村松は二ノ宮に目を向けた。

ついさっきまで不安に歪んでいた顔は、今は引き締まり、目にも力が戻っている。

行くぞ、というように村松が目で合図を送ると、二ノ宮は親指を突き出してそれに応えた。

「G―WING206便は、三分後に海上着水します」

村松は言った。


「三分後……」

――いよいよだ。

大輔は、大きく一度深呼吸した。

ヘッドセットを外し、ヘルメットを被《かぶ》り直す。

「全員助けるぞ。全員！」

大輔の言葉に、吉岡は力強くうなずいた。

「着水三分前！」

下川が告げると、対策室に緊張が走った。

全員が持ち場に戻り、最後の確認作業を始める。

下川は、壁のスクリーンに目を向けた。

「離船準備！」

隊長の号令と同時に、服部はじめ五管の救難士たちが『とさ』甲板のヘリに走った。スタンバイしていたヘリはすぐに飛び立った。真っ直ぐ着水地点へと向かう。

海面を見下ろすと、見たこともない数の船が停泊していた。

武者震いを止めるため、服部は、膝を握る両手に力を込めた。

すでに美香たちCAも着席し、シートベルトを締めていた。もう乗客に声はなく、機体がたてるガタガタという音だけがキャビンに響いている。

「姿勢は低くしてスライドラフトに乗って、ハイヒールは脱いで荷物は持たない」

美香は、念仏を唱えるように脱出の手順を繰り返しつぶやいていた。

「機外の火災チェック。救命胴衣は……、ドアの前で膨らませる。前の人に続いて、ハイヒールは脱ぐ。尖った物は、全部外す。姿勢は低くしてスライドラフトに乗って

「……」

膝の上で組み合わせた両手のひらに、じっとりと汗が滲んだ。

環菜はテレビに目を釘づけにしていた。

さっきまでホットケーキをぱくついていた大洋も、今は横でじっと画面を見つめている。

〈いよいよ海面着水が行なわれますウ〉

アナウンサーの声が緊張で裏返った。

「美香ちゃん」

環菜は大洋の手を握った。

8

206便はゆっくりと降下し、雲を抜けた。

眼下に海面が見える。

そこに現れた光景に、村松と二ノ宮は同時に息を呑んだ。

「キャプテン」

二ノ宮が大きく目を見開く。村松は言葉を失っていた。

それは、まさに光の滑走路だった。

T字形に並べられた何百個ものライトが、機を誘うように輝きを放っている。そして、その周りには、無数とも思える船舶の明かりが見える。

「二ノ宮」

ようやく村松は声を発した。

「俺たちだけじゃない。戦っているのは、俺たちだけじゃないんだ」

「はい」

全身に力がみなぎるのを感じた。

「ピッチは十度！　レートを浅く！　支えろ！」

——絶対に着水を成功させる。

村松は、光の滑走路に向かって真っ直ぐに進んだ。

VI

1

大輔と吉岡は、ヘリから206便を見つめていた。

最初小さな光の点だったジャンボ機は、すぐにはっきりと機影が確認できるまでになり、目の前に迫ったときには、全長約七十メートルというその巨大さに圧倒された。横で吉岡が唾《つば》を呑《の》み込む音が聞こえた。

機体は、上下左右に揺れながらゆっくりと海面に向かっている。エンジンの轟音《ごうおん》がヘリにまで届く。乗客の悲鳴まで聞こえてくるようだ。

「頑張れ！」

206便に向かって、大輔は叫んだ。

コックピットは揺れ続けている。

揺れはどんどん大きくなっている。

コントロールがきかない。

さっきから警告音が鳴り続いている。

それでも、機は二本の光のラインの間に向かっている。光の滑走路の真ん中に降りようとしている。

「安全姿勢をとれ！」

村松は命じた。

「ブレイス　フォー　インパクト！」

歯を食い縛り、渾身《こんしん》の力を込めて操縦桿《かん》を握る。

海面は目の前に迫っていた。


「頭を下げて！」

美香は、両腕を上に突き上げ、それを前に倒した。頭を下げろというサインだ。

他のCAたちも同じ動作を繰り返している。それを見て、乗客が全員、身体《からだ》を折り曲げて前の座席に頭をつける。

「頭を下げて！　ヘッドダウン！」

叫び過ぎてもう声は嗄《か》れている。それでも必死で指示を発し続ける。

「ヘッドダウン！　頭を下げて！　ヘッドダウン！」

窓から船が見えた。

──着水する！
美香は、頭を抱えながら身体を丸めた。
対策室のスクリーンに、ジャンボ機の姿がはっきりと映し出された。
激しく揺れながら、巡視船の前をかすめて降下していく。
〈ブレイス　フォー　インパクト！〉
機長の声が響いたかと思うと、ドドッ、という轟音が対策室を包んだ。着水したのだ。
次の瞬間、無線が切れた。
激しい水しぶきが機体を隠す。
バウンドして浮き上がり、また海面に着水する。
機は沈んでいない。光の滑走路の中を走っている。
──着水は成功した。
誰もがそう思った瞬間、根元部分を残して左翼が折れ、後方に吹っ飛んだ。
機が斜めに傾く。
「あぁッ」

全員が一斉に声を上げた。

機はバランスを崩し、右翼側を上に向けたまま前に進んでいる。

——止まれ！

下川は心の中で叫んだ。


下から突き上げるような激しい衝撃が起きた。

身体が浮き上がり、また落下し、勢いをつけて前方に押し出される。

絶叫がキャビンに響き渡った。

手荷物が頭上から降り注ぎ、酸素吸入器が天井から落ちてくる。機内の明かりが消え、あちこちで火花が散る。

左翼から轟音が聞こえたかと思うと、機は右翼を上にして斜めに傾いた。

しかし、まだ止まらない。

機体に亀裂《きれつ》が入り始めた。

——浸水する。

美香は目を剝《む》いた。

着水の瞬間、コックピットの床がぐにゃりと曲がった。計器から火花が散り、一部が剝《は》がれて落ちてくる。

バウンドして再び着水したとき、足に鋭い痛みが走った。それでも村松は操縦桿を放さない。

「んんんん！」

嚙《か》み締めた唇が切れ、血が流れる。

機が傾く。

コックピットが変形する。

斜めになったまま、機はさらに数百メートル進んだ。

徐々にスピードを落とし、ようやく動きを止める。

村松は、崩れ落ちたコンソールに自分の足が挟まれているのを見た。ズボンが血に染まっている。身動きが取れない。

激しい痛みに、村松は呻《うめ》き声を上げた。

2

機が止まると同時に、海上保安庁の全船舶が206便に向かって突進を始めた。消防艇や、その後ろにいる漁船、作業船もあとに続く。上空からは、数機のヘリが向かう。

先頭の小型艇が数十メートルの距離まで近づいたとき——

突然、機の右翼エンジンが爆発した。

真っ赤な炎が何度も上がり、辺りを明るく照らし出す。


「ああ！」

大輔と吉岡は、ヘリから身を乗り出した。

爆風が吹きつけ、思わず顔をしかめる。

機はさらに傾き始めた。

「美香！」

吉岡は呆然《ぼうぜん》と目を見開いた。

「第三エンジンに引火した！」

堂上が声を上げた。

右翼のエンジンが火を噴き、黒煙が立ち上っている。

「消火しろ！」

無線に向かって下川は怒鳴った。

「避難誘導は左翼側からだ！　急げ！」

この爆発で機の沈没は早まるかもしれない。

——初動に全《すべ》てがかかっている。

デスクの前で身を乗り出すようにして、下川は目の前に並ぶスクリーンを見つめた。

美香は顔を上げた。

さっきまで絶叫が響いていたキャビンは、今度は呻き声に包まれていた。頭から血を流している乗客もいる。

ベルトを外し、立ち上がったとき、窓から右翼が炎上しているのが見えた。

「火災あり！」

美香は叫んだ。

乗客はパニックに陥っている。

「落ち着いてください！　ベルトを外してください！」

斜めになったキャビンの中を、座席の背に掴《つか》まりながら移動し、乗客に声をかけていく。

「ベルトを外してください！　落ち着いて！　脱出はこっち！」

美香は、立ち上がった乗客を順に左翼側に誘導した。

CAたちがドアを開けていく。

ドアの下にはスライドラフトが膨らんでいるはずだ。左翼側にスライドラフトは四つ。そこに乗り移ることができれば、あとは海上保安官が救助してくれる。

「急いで！」

近くにいた乗客から順に、機の外に出していく。

「ベルトは外して！　ハイヒールは脱いで！」

CAたちの指示に従い、乗客が次々に脱出して行く。

乗客を掻《か》き分けるようにして、美香は俊介の席に向かった。

「俊介くん！」

俊介はがっくりと肩を落としたまま動かない。

「俊介くん、俊介くん！」

大きく肩を揺すると、ようやく俊介は目を開けた。

「逃げるのよ、俊介くん！」

ベルトを外して立ち上がらせ、背中を押す。

一度振り返ったが、早く、という美香の声に押されるようにして俊介は走り出した。

3

大輔と吉岡は、ヘリから左翼の付け根部分に降下した。

近くのドアから、次々に乗客たちが脱出してくる。大輔と吉岡はドアの外に張り付いた。怪我《けが》をしている人に手を貸し、スライドラフトに乗り移らせる。

周りには海上保安庁の小型艇が次々に到着している。炎上している右翼側には消防艇が回り込み、放水を始めていた。

「座席に挟まれた方が――。手を貸してください！」

ドアから顔を出したＣＡが、悲痛な顔で訴えた。

「わかりました」

すぐに吉岡が向かう。

〈仙崎、どこにいる！〉

自分も続こうとしたとき、無線から角倉の声が聞こえた。

「左翼上です」

〈コックピットに乗員が閉じ込められている。外から救出するぞ〉

「了解！」

大輔はドアを振り返った。吉岡の姿は、すでに機内に消えていた。


通路の前方に、数人の乗客が集まっていた。

自分たちも傷ついているのに、身動きの取れない男性を囲んで、壊れた座席を動かそうと懸命になっている。

「ちょっと見せてください」

その輪の中に入って状況を確かめると、吉岡は、座席を持つ位置を乗客に指示した。

「行きますよ。せーの！」

掛け声と共に持ち上げる。わずかにできた隙間《すきま》から、男性が這《は》い出してくる。

皆の顔が弛《ゆる》んだ。

「急いで！」

乗客たちをドアのほうに向かわせると、吉岡は通路を奥に向かった。身動きの取れない人がまだ残されているかもしれない。


美香は、機内を後方に向かっていた。

「誰か動けない方、いませんか！」

怪我人に肩を貸して歩いていた男の乗客が、驚いて美香を見た。

「ちょっと！　あんたも早く逃げないと！」

「乗員は最後に出ます。早く行ってください！」

それだけ告げ、傾いた通路をまた歩き出す。

「誰か動けない方はいませんか！」

言いながら身を屈《かが》め、倒れている人がいないかどうかを確認していく。

「誰か動けない方いらっしゃいませんか！　誰か動けない方！」

ドアの前に殺到する乗客を掻き分けてさらに奥に向かおうとしたとき、メリメリ——、という不気味な音が背後で聞こえた。

次の瞬間、機体が大きく波打った。

その場に尻もちをつくと、美香は通路を後ろに滑り落ちていった。カーテンを掴むがちぎれてしまい、半開きになっていたドアの隙間からトイレの中に転がり込んだ。

機は、前後左右に激しく揺れ続けている。

呻きながら立ち上がったとき、今度は向かい側のギャレー内にあるフードカートが滑り落ちて来た。

次々に落下するカートがトイレの前に積み重なっていく。その上に、さらに機の残《ざん》骸《がい》が降りかかる。

半分開いていたドアもほとんど閉まってしまい。美香は完全にトイレの中に閉じ込められてしまった。

ドアは動かない。隙間から手を出し、カートをどかそうとするが、びくともしない。

キャビンの後方では、乗客とＣＡが叫び交わす声が聞こえていた。最後尾のドアの前に集まっている人たちだ。

「早くしないと沈む！」

「落ち着いて！」

「飛び降りろ！」

誰もが脱出することだけで精一杯で、美香の存在に気づいていない。

ドアの隙間に顔をつけ、

「誰か！」

必死で声を上げる。

しかし、声は届かない。誰も応《こた》えてくれない。

美香はライフベストを脱いだ。それを手に持って隙間から腕を突き出す。オレンジ色のライフベストは目立つ。誰かが気づいてくれることを祈った。

「助けて！」

声を限りに叫びながら、美香はライフベストを振り回した。

訓練で大阪から横浜に来ていた第五管区の潜水士、服部も現場にいた。

服部は、目の前で起きていることが信じられなかった。

海に落ちた乗客を追って飛び込み、近くにいたゴムボートに押し上げたとき、機が真ん中で折れ始めたのだ。

吹っ飛んだ左翼のすぐ後ろの部分が裂け、そこで機は二つに分かれようとしていた。

メリメリ――、という軋《きし》んだ金属音をたてながら、機首が持ち上がり始めている。

機の後ろ半分はまだ浮いているが、前の半分はコックピットを上にして水没し始めている。

――でも、乗客はまだ中にいる。

服部は機に向かって泳ぎ始めた。


〈206便が沈み始めました！〉

テレビ画面の機体の映像に、レポーターの声がかぶった。

環菜はずっと、瞬《まばた》きすることも忘れ、睨《にら》むようにして画面を見つめていた。

〈機体中央付近が裂けています。まだ救助は終わっていません！〉

画面を通して、コックピットの部分がどんどん持ち上がっているのがわかる。垂直に立ったら、機の前方部は一気に真《ま》っ直《す》ぐ沈むだろうと予測できた。それも時間の問題だ。

後ろ半分はまだ浮いているが、それでも機体は少しずつ海面に隠れ始めている。

〈機首のあたりで救助が行なわれているようですね〉

キャスターがレポーターに訊いた。

〈えー。ああ、はい。海上保安庁の特殊救難隊ですね。今、コックピットのウインド

シールドを切断しています〉

画面が切り替わり、機首に張り付いている数人の救助隊員の姿が映し出された。ぼやけた映像だが、間違いない、特救隊だ。そこに環菜は、大輔らしい人影を見つけた。

〈中にまだ操縦士の方が残っているんですか？〉

〈そのようです〉

「大輔くん……」

画面の中の隊員に、環菜は呼びかけた。

4

「機長と副機長、共に目視で確認。現在ウインドシールドの開口作業中！」

角倉が無線に向かって叫んだ。

機体は震動しながらどんどん持ち上がってきている。ときどき大きな揺れが襲う。

「切断完了！」

エンジンカッターを手にしていた大輔が、後ろの隊員を振り返った。

「入ります！」

カッターを戸川に渡し、真っ先にコックピットに飛び込む。

村松はかろうじて意識があったが、副機長席の二ノ宮は気を失っていた。

「大丈夫ですか！　脱出しましょう」

大輔が声をかけると、村松はゆっくり顔を向けた。

「足が……」

それだけ口にし、顔を歪める。

座席を見ると、足が崩れたコンソールに挟まれていた。出血もしている。

「機長の足がコンソールに挟まれています！」

大輔は、外にいる隊員に向かって言った。

「搬出不能！　エアソーとスプレッダーが必要です！」

「エアソーとスプレッダー！」

角倉が復唱し、戸川が上空をホバリングしているヘリに無線で伝える。

必要な器材はヘリに積み込まれている。今は山根がそこに乗り込んでいた。すぐにも器材が降ろされるはずだ。

「出血あり！　止血します！」

機長の横から屈み込むと、大輔は止血処置を始めた。

大輔に続いてコックピットに入って来た嶋が、二ノ宮の状態を確認する。

二ノ宮は嶋の呼びかけに応え、薄《うっす》らと目を開いた。

「仙崎、副機長から先に出すぞ！」

――重傷者は後回し。助けられる人から助けていく。

嶋の言葉を思い出した。なんとしても村松は助けたいが、この状況では仕方がない。

「村松さん、順番に救出しますからね」

笑みを浮かべながら声をかけると、大輔は二ノ宮に向き直った。嶋といっしょに抱きかかえ、コックピットの外に押し出す。

そのとき、嶋と角倉がアイコンタクトをかわすのを大輔は見た。

――機長を助けるのは難しいかもしれない。

二人の目はそう言っていた。


対策室では、全員が息を詰めてスクリーンを見つめていた。様々な場所と角度から、救助の様子が映し出されている。

機外に脱出した乗客は搭載艇や小型艇に乗り移り、乗客を満載した小型艇は巡視船に向かう。その背後には漁船や作業船も待ち構えている。救助は今のところ順調だ。

初動がうまくいっていることを確認し、下川は安堵《あんど》した。しかし、まだ油断はできない。

〈機体前方部は、コックピットを除いて救助終了。機体後方部には百名以上の要救助者がいる模様〉

無線から流れる情報に、あちこちからため息が漏れる。

〈機長はコンソールに足を挟まれているため、特救隊の嶋と仙崎が救助中〉

——機長がまだコックピットにいる。

スクリーンのひとつに下川は視線を向けた。コックピットの外の様子が映されている。

「村松さん」

同じようにその画面を見つめていた伊勢原が、不安げな声を漏らした。

画面に映っているのは外の様子だけで、コックピットの内部で何が行なわれているのかは全くわからない。

さっきまではゆっくりだった機体が持ち上がるスピードが、明らかに速くなっていた。主翼の重さがあるため、割れた真ん中から機体が海に没しようとしているのだ。すぐにも一気に沈没してしまう可能性がある。

〈機体後方部の乗員乗客、搭載艇による救助中〉

後方部はまだ浮いているが、機体のあちこちに亀裂が入り、浸水が始まっているのがわかる。こちらも沈没まであまり時間はない。

——急げ。

下川は両手の拳《こぶし》を握り締めた。

5

美香の姿がないのが気になっていた。

CAの制服を見る度に確認したが、いずれも美香ではなかった。乗客の避難が終わっていない段階で脱出したとは思えないから、まだ機内にいるはずなのだ。もちろん、混乱の中で見落とした可能性はある。

「誰かいますか！　残ってる方いませんか！」

吉岡は、脱出の順番を待つ乗客の間をぬって、機内をさらに後方に向かった。もしかしたら、奥の座席に動けない乗客がいて、美香はその人を助けようとしているのかもしれない。

いずれにせよ、確認のため、キャビンの最後尾まで行ってみるつもりだった。

機体に入った亀裂からどんどん海水が流れ込んでいた。すでに踝《くるぶし》の上まで水がきている。

機の残骸が通路を塞《ふさ》ぎ、浮いている新聞や雑誌が足にまとわりつく。それらを乗り越え、蹴《け》り飛ばしながら進んでいると、ライフベストが流れてくるのが目に留まった。乗客用の黄色いベストではない、ＣＡが身につけているオレンジ色のものだ。

ハッとしながら通路の奥に目を向けると、トイレの前にカートと機の残骸が積み重なっているのが見えた。ドアの隙間から腕が突き出ている。

「今行きます！」

大声で呼びかけ、バシャバシャと水を掻き分けながら進む。

「吉岡くん！」

トイレの中から女性の声が呼んだ。

「美香！」

吉岡は驚きに目を見開いた。ドアのわずかな隙間から顔を覗《のぞ》かせているのは、確かに美香だった。

「怪我は？」

美香が首を振る。

「今助けてやるからな」

吉岡は積み重なっている障害物の下部に手をかけ、一気に動かそうと力をこめた。

しかし、びくともしない。

「吉岡くん」

美香の顔は恐怖に引きつっている。

「絶対に助けてやるからな、美香」

真っ直ぐ美香の目を見つめながらそう言うと、吉岡は、一番上の残骸に手をかけた。

こうなったら、上から順番に取り除いていくしかない。

浸水のスピードは増していた。もう沈没まであまり時間はない。

急がなければ、と吉岡は思った。

エアソーを使って、嶋が操縦桿《かん》を切り離しにかかっている。

「ああ……」

その震動が傷ついた足に響くのだろう、村松が声を上げた。

「村松さん、今助けますから。頑張ってください」

大輔が声をかける。

ガクン、という揺れと共に、コックピットが持ち上がった。あと少しで垂直に立ってしまう。そうなったら、機は一気に沈む。

「切断完了！」

切り取った操縦桿を、嶋が後ろに投げ捨てる。

「嶋さん、代わります」

大輔が入れ代わった。

「スプレッダー入れる」

機外から戸川がスプレッダーを差し出した。

「もらった」

大輔が受け取り、今まで操縦桿があった空間から、崩れたコンソールの間に挿し込む。コンソールを押し広げて、その隙間から村松を引きずり出すことができれば命を救うことができる。

スプレッダーを動かしながら村松を見る。村松はぐったりと目を閉じている。もうほとんど意識がない。

「村松さん、しっかり！」

大輔は耳許《みみもと》に口を近づけた。

「村松さん！　素晴らしい着水でしたよ。村松さんが無事でなきゃ。お子さんが産まれるんでしょ！」

村松は薄く目を開けた。

「あなたが……、仙崎さん」

「パパになるんでしょ。絶対に帰りましょうね」

口許《くちもと》に笑みが浮かんだ。何度もうなずく。

――もうちょっとだ。

そう思ったとき、また、ガクン、という大きな揺れがきた。嶋と大輔が横転する。

「沈む！」

機外から角倉の声が聞こえた。

6

〈機体が断裂！　前方部が沈みます！〉

スピーカーから悲痛な声が響いた。

「もうダメだ！」

スクリーンを見ていた三井が声を上げる。

機体の割れ目から火花が散り、前方部と後方部が完全に断裂しようとしていた。すでに機首は、ほとんど垂直に持ち上がっている。コックピットの外にいる隊員は、海上に振り落とされそうになりながらも、ウインドシールドに手をかけた状態でかろうじてぶら下がっている。

「撤退させましょう！」

下川に向かって三井が進言した。

「隊員たちが海に引きずり込まれます！」

三井の言う通りだ。これ以上機に留《とど》まったら二次災害が起きる危険が増す。

しかし、と下川は思った。

――機長の救助にあたっているのは仙崎だ。たとえ撤収命令が出ても、あいつはその場を離れようとはしないだろう。

「急げ、仙崎」

スクリーンを見つめたまま下川はつぶやいた。

「もう限界だ。撤収するぞ！」

コックピットに首を突っ込み、角倉が命じた。

「仙崎さん、仙崎さん！」

戸川も必死で呼びかけている。

しかし、大輔はスプレッダーを動かす手を止めなかった。

「俺は、俺は、絶対にあきらめません！」

まだ隙間はできない。さっきの衝撃でさらにコンソールが崩れてしまった。そこに手をかけ、渾身《こんしん》の力で動かそうとする。しかし、びくともしない。

「もう限界だ！　撤収するぞ！　撤収だ！　嶋！　仙崎！」

「撤収します！」

角倉と戸川の声は途切れず聞こえてくる。だが、大輔の向かい側で作業の補佐をしている嶋は、さっきから何も言葉を発していない。大輔の様子を見つめたまま、ずっと口を閉ざしている。嶋の考え方からすると、二次災害を防ぐために、力ずくで大輔を止めてもおかしくないはずなのに。

「仙崎！　仙崎！」

「撤収します！」

角倉と戸川が口々に叫んでいる。

「撤収だ！　嶋！　仙崎！」

「仙崎さん、もう――」

「みんなは離れてください！　僕は残ります！」

作業を続けたまま、大輔は言葉を返した。

「村松さん、村松さん、家族の許へ帰りますよ。いっしょに帰りましょう。全員で生きて帰るんです！」

隙間はできない。

いくらスプレッダーを動かしても、足の上からコンソールは動かない。

直《じか》に手をかけ、動かそうと力をこめる。

「くそおおお！」

大輔が大声で叫んだとき――

「要救助者に全面マスクとボンベを！」

突然嶋が声を上げた。

「俺と仙崎にもボンベをくれ！」

――ボンベ？

大輔は顔を上げた。

「ボンベだ！　早くしろ、戸川！」

鬼の形相で嶋は命じた。

大きな揺れと同時に、トイレの中まで海水が流れ込んできた。一気に膝《ひざ》の直ぐ下まで浸水する。

外では吉岡が作業を続けている。しかし、まだドアに充分な隙間はできない。

――もうダメかもしれない。

それなら、と混乱する頭で美香は考えた。

――吉岡くんに話さなきゃ。隠しごとをしたまま死にたくない。

「吉岡くん」

隙間に顔を突っ込み、名前を呼ぶが、吉岡は振り向きもしない。

「絶対に助けてやるからな、美香！」

そう声をかけていったんその場を離れると、吉岡は、機体の破損部分から露出している金属製のパイプを外した。パイプをテコにして障害物を動かそうというのか、それをカートとドアの間に差し込む。

「吉岡くん……。私、隠してたことがあるの」

——早く言わなければ。

気持ちだけが焦るが、何をどう話したらいいのかわからない。

「私……、私……」

吉岡は、今度は美香に視線を向けた。

「美香。今は生きてここから出ることだけを考えろ」

吉岡はパイプを肩にかけた。

「ぐううう——」

食い縛った歯の間から声が漏れる。

胸が熱くなった。もう言葉は出てこない。涙がこぼれ落ちた。

美香はただじっと吉岡を見守った。

〈機首が持ち上がってきた。ああ、沈みそうです！　まだ村松機長は出てきません！〉

レポーターが悲鳴のような声を上げる。

テレビ画面を通して、機体が真っ二つに割れたのがわかった。機首はすでに垂直に持ち上がっている。

環菜は両手で大洋の手を握った。

〈黄色と黒の潜水服を着た特殊救難隊の隊員が、懸命の救出活動を行なっています！〉

――大輔くんは間違いなくコックピットの中にいる。機長を助け出すまで絶対に出ては来ない。

環菜にはそれがわかっていた。そして、それがどんなに危険極まりないことかも。

すると、

「パパ！」

それまで黙って画面を見ていた大洋が、突然声を上げた。

驚いて大洋の顔を見る。その表情は真剣で、画面に目が釘づけになっている。

――大洋は大輔くんの仕事をわかっている。

「そうよ、大洋」

環菜は大洋を抱き上げた。

「あそこの中にね、パパがいるの。パパね、あそこの中の人を助けようとしてるの」

――無事に帰って来て。

環菜は目を閉じた。

7

嶋は、村松の顔に全面マスクを装着した。これで機が沈没しても呼吸は確保できる。水の中では浮力が働く。わずかでも足の上のコンソールが浮き上がれば、村松を引っ張り出すことが可能になるかもしれない。それが嶋の考えだった。

しかし、リスクは大きい。

「ここは水深六十メートルだぞ、嶋！」

要求通り全面マスクとボンベを用意しながらも、角倉は止めようとしていた。

「海底のヘドロの中に突っ込んだらお終《しま》いだぞ！」

「そうなる前に、三人で脱出します！」

ボンベを装着しながら、嶋が答える。

「そんなことができるのか！」

「わかりません！」

大輔は驚いて嶋を見た。

今までの嶋なら、こんな一か八かの賭けのようなことは絶対にしなかったはずだ。

「嶋さん」

「助けるんだろ、全員を」

嶋は大輔を睨みつけた。救助の現場に感情はいらない、と言っていたその瞳《ひとみ》が熱く燃えている。

大輔の分のボンベが、コックピットに運び込まれた。

「沈むぞ！　早くつけろ、仙崎」

「はいッ！」

カラビナからボンベを外しているとき、またも大きな衝撃が起きた。

大輔は、あっという間にコックピットの後ろの壁まで吹っ飛ばされた。ひっくり返った拍子に、ボンベが手から離れたが、なんとかマウスピースはたぐり寄せた。ボンベを抱え、よじ登るようにして機長席の横にたどり着く。嶋は崩れた計器に手をかけ、かろうじて落下を免れていた。

コックピットは、完全に垂直に持ち上がっていた。顔を上げると、角倉と戸川がヘリのホイストで吊《つ》り上げられているのが見えた。

フワッ、と身体が浮き上がる。機が真っ直ぐ沈んでいるのだ。落下しないよう機長席にしがみつく。

波が押し寄せる、ザザッ――、という音と同時に、海水がコックピットに流れ込んできた。

大輔と嶋は、村松の身体を支えた。

「ダメだ！　間に合わない」

対策室で誰かが声を上げた。

スクリーンには、垂直に水没していく２０６便の姿が映し出されている。

「沈む」

誰もが呆気《あっけ》にとられたような顔をスクリーンに向けている。

そこに映っているのは、とても現実の光景とは思えなかった。ジャンボ機の前半分は、完全に海中に没した。

村松と二人の特救隊員は、まだコックピットの中にいる。

下川はうつむき、目を閉じた。

――今度は、奇跡は起きないのか。

〈あきらめるな〉

大輔の声が聞こえたような気がした。

顔を上げ、目を開ける。

さっきまで機体の半分があった水面を、下川は見つめた。

ようやくドアに隙間ができた。

「出ろッ！　美香、出ろッ！」

パイプを押しながら吉岡が命じる。美香が外に這い出る。

「急げ」

海水はすでに膝上まで達している。

機の傾きも大きくなっている。

最後尾のドアに向かって美香は歩き出した。そのあとを吉岡が追う。

ドアの前に、十人程の乗客とＣＡ、それに数人の救難士の姿が見えた。最後に残った要救助者だろう。次々に機外に脱出している。

――助かった。

吉岡が小さく安堵のため息を漏らしたとき、激しい衝撃と同時に大きな揺れが起こった。

天井部分が崩落してくる。

「危ない！」

吉岡は美香を突き飛ばした。

次の瞬間、尾翼側を上にして機が大きく傾いた。

吉岡は仰向けにひっくり返った。そのまま、海水の流れに乗って通路を滑り落ちて行く。

座席に摑まってようやく身体を起こしたとき、またも崩落が起こった。

今度は真上から、天井部分がバラバラになって降ってくる。

「吉岡くん！」

通路に倒れたまま、美香は目を剝いた。

吉岡は、あっという間に残骸に埋もれてしまった。


海水がコックピットを満たした。

機体が水没するスピードがどんどん増していく。

すると、コンソールがわずかに浮き上がった。

すかさず大輔と嶋が村松を引っ張る。

身体が抜ける。

嶋は村松を抱きかかえた。そのままコックピットの外に脱出する。濁りの増した海中で周囲が見えず、しかもボンベを抱えているため身体の自由がきかず、大輔はコックピットの中から出られない。

機は加速度をつけて沈んでいく。

もがきながら手を伸ばす。

その手を、嶋が握った。片手で村松を支えながら、片手で大輔を機外に引っ張り上げる。

２０６便が海中深くに没していく。

大輔と嶋は、両側から村松の身体を支え、ゆっくりと浮上を始めた。

巡視船のライトだろう。海面から光が差し込んでくる。

——希望の光。

大輔は、村松が言っていた言葉を思い出した。

三人は、そこを目指した。

海面から二本の腕が突き出すのを、テレビの映像が捉《とら》えた。

続いて、三人の頭が海上に浮かび上がる。

〈ご覧いただけますでしょうか。村松機長です。今、村松機長が浮上してきました。うなずいています。無事です。村松機長が救出されました。よかった、ホントによかった〉

大輔ともうひとりの隊員が、腕でＯＫマークを作っている。

「ああ……」

環菜の全身から力が抜けた。

「パパーッ！」

大洋が画面を指差した。顔をくしゃくしゃにして笑いながら手を叩き始める。

「パパ、頑張ったね」

――本当に無事でよかった。

大洋といっしょに、環菜は、大輔に向かって拍手を送った。

8

対策室のスクリーンに、巡視船『いず』の後部甲板に着船する特救隊ヘリの様子が映し出された。

ヘリには村松と二ノ宮が乗っている。すぐに担架が運ばれた。

〈村松機長は左足を負傷。しかし意識ははっきりとしている模様です〉

無線の声に、歓声と拍手が起こった。

「村松さん」

伊勢原も、感極まった様子で目を真っ赤にしている。

小さくガッツポーズを作ると、下川はすぐに無線を手にした。まだ浮いている後方部の機体を映したスクリーンに目を向ける。

「機体後方部の脱出を急がせろ！」

下川が命じると、

〈こちらも間もなく全員脱出完了です！〉

すぐに隊員の声が応えた。

「よしッ！」

対策室にいる皆の顔に笑みが広がった。

「こちらも間もなく全員脱出完了です！」

無線に向かって報告すると、服部は、最後に残っていたＣＡを機外に送り出した。

続いて自分も脱出しようとしたとき、背後で悲鳴が聞こえた。ぎょっとしてキャビンの奥を振り返る。積み重なった残骸の手前でCAが立ち尽くしているのが見えた。慌てて駆け寄ると、残骸の山が動き、中から吉岡が顔を出した。しかし、胸から下は完全に埋もれている。

CAが狂ったように吉岡の上の残骸をどかし始めた。

「吉岡さん！」

「服部か……」

服部は、吉岡のことはよく知っていた。大輔と三人で酒を飲んだこともある。

「大丈夫ですか！　怪我は？」

「大丈夫だ」

しっかりとした答えが返ってきた。意識は、はっきりしているようだ。

「今助けます！」

CAといっしょになって、残骸を取り除き始める。しかし、複雑に絡み合いながら吉岡の身体を覆っている機体の部品は、とても二人では取り除けない。そうしている間にも機は傾き、海水がどんどん流れ込んでくる。

「吉岡くん」

ＣＡの顔は、涙と海水でぐちゃぐちゃになっている。手のひらから血を流しながらも、残骸を動かそうと必死になっている。

「行け、美香。お前は逃げろ」

吉岡が言った。

「いやだ！」

「早く行け、美香！」

「いやだ！」

吉岡は服部に目を向けた。

「服部！」

「はいッ」

「彼女を連れて行け！」

——そんな……。

服部は小さく首を振った。

仲間を見捨てて逃げることはできない。しかし、このままでは三人とも海に引きずり込まれる。

「彼女の救出が先だ！　服部！」

「いやッ！」

美香が激しく首を振る。

「いや！　彼は私の！」

「美香」

落ち着いた口調で吉岡は呼びかけた。

「俺たちはもう他人じゃないか」

「いや！」

目を大きく見開き、唇を震わせると、美香は吉岡に取りすがった。

吉岡は、その肩を突いて自分から離した。

「この要救助者を連れて行け、服部」

冷静な表情で命じる。

「吉岡さん」

服部は迷っていた。どうしたらいいのかわからなかった。

「行けえ！」

吉岡の怒声に、ハッと顔を上げる。

目の前にいる要救助者は絶対に助けなければ、と思った。それが機動救難士の仕事だ。

服部は、後ろから美香の身体を抱えた。

「いやだ、いやだ――」

もがく美香を、引きずるようにしてドアに向かう。

「いやッ。やめて！　吉岡くん。やめて！　吉岡くん！」

「幸せになれよ、美香！」

吉岡は笑顔で言った。

すでに海水は、腰の上まで達している。

思い切り歯を食い縛ると、服部は、振り返ることなく、美香を抱いたままドアから機外に飛び出した。

すぐにゴムボートが近づき、隊員が美香を抱え上げる。

続いてボートに手をかけ、振り返ると、尾翼を持ち上げながら機体が沈み始めていた。

「吉岡くん！　吉岡くん！」

狂ったように美香が叫ぶ。

ボートに転がり込むと、服部はすぐに無線のスイッチを入れた。

「キャビン内で吉岡さんが天井の下敷きに！　特救隊の吉岡さんが！」

それ以上言葉が続かなかった。最後に見た吉岡の笑顔が瞼《まぶた》の裏に浮かんだ。

服部は、ただ呆然と、沈んでいく機体を見つめた。


美香の姿が機内から消えると、吉岡は、天井の裂け目から空を仰いだ。

すでに星が瞬き始めている。これが最期に見る星か、と思った。

しかし、それも長くは続かなかった。ズブズブと音を立てながら機体は沈み、天井から海水が降り注ぎ始めた。

「死にたくねー！」

思い切り叫んだが、誰の声も返ってはこない。

バチッ――、と何かが爆《は》ぜるような音と同時にキャビンの全ての窓が破れ、鉄砲水のように海水が噴き込んでくる。

「かんべんしてくれよー」

身体中に水を受けながら、泣きごとを言った。大輔がいたら「バカ、しっかりしろ」と、後ろから頭を叩くかもしれない。しかし、振り返っても誰もいない。

海水はすぐに胸の上まで達した。

——死んでたまるか！

残骸の山から抜け出そうと、吉岡は最後の力を振り絞った。

〈キャビン内で吉岡さんが天井の下敷きに！　特救隊の吉岡さんが！〉

無線から聞こえてきた服部の声に、巡視船『いず』の後部甲板にいた第二特救隊の隊員は、全員息を呑んだ。

大輔は、沈んでいく機体に目を向けた。

——吉岡はまだあの中にいる。

「吉岡ああ！」

思わず叫び声を上げた。

しかし、あっという間に機体は水没してしまった。さっきまでジャンボ機の姿があった海面には、今はもう何もない。

何事もなかったかのように、海面は穏やかに凪《な》いでいた。

Ⅶ

1

スクリーンから機体が消えた。

206便は完全に水没してしまった。その様子を、対策室の全員が呆然《ぼうぜん》と見つめている。

ハッと我に返ると、下川は無線を手に取った。

「吉岡はボンベを持っているのか！」

一瞬の沈黙の後、

〈持ってません！〉

怒ったような隊員の声が聞こえた。背後からは、泣き叫ぶ女性の声も聞こえてくる。

六年前、吉岡は、沈没したフェリーの中に閉じ込められたことがあった。状況は今と似ている。しかしそのときは、ボンベがあり、呼吸は確保できた。

――今度ばかりは、生還は絶望的だ。

下川は両手でデスクを叩《たた》いた。がっくりと肩を落とす。

他のスクリーンには、無事に救出された乗員乗客の姿が映し出されていた。

――巡視船の上で抱き合う若いカップル。
――見つめ合いながら涙を浮かべる老夫婦。
――民間の作業船に助け上げられ、乗組員に笑顔で肩を叩かれるビジネスマン。
――手を取り合って無事を喜ぶＣＡたち。
沿岸に作られた救護所では、運び込まれた救助者を医師と看護師がチェックしている。
〈確認取れました！　乗員乗客全員救出！〉
スピーカーから喜びの声が聞こえた。しかし、その報告に声を上げる人間はいない。
「ここまで頑張ったのに……」
伊勢原は肩を震わせた。
「なんでだよ」
坂巻も悔しそうに唇を噛《か》んでいる。
下川は動けなかった。声を出すこともできなかった。頭の中は真っ白になっていた。
ゴムボートから身を乗り出し、美香は、機体が消えた海面を見つめていた。
なんだか今すぐ吉岡が浮き上がってきそうな気がした。「なーんちゃって」と言いながら、あのひょうきんな笑顔をこっちに向けてくれる。そう思った。

しかし、海面からは何も現れない。

「吉岡さん」

というつぶやきに振り返ると、自分を助けてくれた服部という隊員が、今にも泣き出しそうな顔で海を見つめていた。

美香は、服部を恨んだ。どうして吉岡くんといっしょに機内にとどまらせてくれなかったのだと思った。しかし、声を出す気力はなかった。

崩れ落ちるようにして、美香はボートに横たわった。


〈たった今、情報が入りました〉

レポーターが早口で告げた。

〈206便の機体後方部に、海上保安官が一名取り残されていたようです〉

「えッ」

環菜は、冷蔵庫の前でテレビを振り返った。

乗員乗客は全員救助――、という速報が流れて安心し、喉《のど》が渇いたという大洋のためにジュースを取りに行ったところだった。

胸騒ぎがした。いつもならバディである大輔と共に救助活動をするはずの吉岡の姿が見えなかったからだ。機長を助けて大輔といっしょに海面に上がってきた隊員は、吉岡ではなかった。

〈救助作業中の海上保安官一名が、沈んでいった206便とともに――〉

――もし、沈んだ機の中に取り残されたのなら、絶対に助からない。

胸騒ぎは増していた。それが吉岡ではないことを、環菜は祈った。

2

角倉は言葉を失っていた。

第二特救隊の中で、吉岡だけが単独行動を取ることになってしまった。あの状況下ではそれも仕方のないことだったかもしれない。しかし、自分の目のとどかないところで部下を失ってしまったこと、救助のために何もできなかったこと、それが悔しかった。

――すまない。

心の中であやまり、吉岡が消えた海に向かって頭を垂れたとき――

背後で、シュッ、というエアの音がした。

何事かと振り返る。大輔が背中を向けて屈《かが》み込んでいた。

「レギュレーター取りつけよし！　バルブ開放！」

ボンベのチェックをしているのだ、とわかった。

「仙崎さん」

隣にいた戸川が、驚きに声を上げた。

「残圧一八〇！　残圧よし！　ボンベ倒す！」

「仙崎」

角倉は唖然《あぜん》とした。いったい何をしようというのだ。

大輔が振り向いた。その目は真っ赤だ。

「吉岡を探しに行きます」

角倉は耳を疑った。

――探す？

「ここは水深六十メートルですよ」

やはり唖然としながら、山根が声をかけた。

大輔は、腰にウエイトベルトを締め始めている。

「仙崎……」

止めなければ、と角倉は思った。疲れ切った身体《からだ》での水深六十メートルへの潜水はリスクが大き過ぎる。これ以上隊員を失うわけにはいかない。

しかし、言葉は出てこなかった。気持ちは痛いほどわかった。

「バルブ開放！　残圧一八〇！　残圧よし！」

今度は、甲板の端で声がした。

「嶋さん……」

山根が、お化けでも見るような顔をした。

角倉も信じられなかった。あの嶋が、命を失うリスクを背負ってまで仙崎に続こうとしている。

仙崎も嶋に目を向けている。しかし、その瞳《ひとみ》に驚きの色はない。二人の間には、いつの間にか深い信頼関係ができているようだ。

自分が期待していた化学反応が起きたのだ、と角倉は思った。全員を助けたい、という燃えたぎるような仙崎の思いが、氷のように冷徹な嶋の心を溶かした。

「深々度潜水の許可をお願いします」

ボンベを背負いながら大輔は言った。嶋もすでに準備を終えている。

二人を止めることなどできない、と角倉は思った。二人を行かせることが、隊長としての自分の務めだ。

「わかった」

角倉は、大輔に向かって深くうなずいた。

3

〈六十メートルの深々度潜水の許可をお願いします〉

スピーカーから角倉の声が響いた。

デスクに両手をついたまま動かなかった下川が、ハッと目を見開いた。

顔を上げ、スクリーンに目を向ける。

画面のひとつに、巡視船『いず』の甲板の様子が映し出されていた。カメラに向かって角倉が立ち、その背後では、大輔と嶋がすでに装備を身につけている。

「深々度潜水？」

三井が眉《まゆ》をひそめた。

「水深四十五メートル以上の潜水は、規定では認められていないぞ」

〈吉岡を探しに行かせてください〉

角倉の口調には強い覚悟が感じられる。下川は背筋を伸ばした。

「探しに行く?」

堂上が眉根を寄せる。

「遺体は東京湾の底だぞ」

伊勢原も戸惑ったような声を上げた。

「でも――」

下川が二人を遮った。

「吉岡がそこにいるんだ。仙崎のバディが」

対策室にいる全員が、下川に視線を向ける。

バディを失うことがどれだけ苦しく悲しいことか、かつて潜水士だった下川はよく知っている。このままにはしておけない。

「全保安官に」

スクリーンを見つめたまま命じた。

「繋《つな》ぎます。どうぞ」

三井が無線を差し出す。

無線を手にすると、下川は目を閉じ、大きく一度深呼吸した。

「みんな……、よく頑張ってくれた」

目を開け、ゆっくりと話し出す。

「だが、まだ終わってないぞ。――仲間を……」

言葉が途切れた。唇を噛《か》んで震えを抑える。

「仲間を！」

言葉に力がこもる。

「海の底に置いたままにしてはおけない」

下川は、全《すべ》てのスクリーンを見回した。

そこに映っている海上保安官は、全員が動きを止め、下川の話に耳を傾けている。

ある者は目を閉じ、
ある者は涙をこらえ、
ある者は固く唇を引き結びながら――、
誰もが吉岡のことを考えている。

「潜水可能な潜水士は、減圧ステージを設営し、特救隊員の深々度潜水からの浮上をサポートしろ！」

スクリーンの中で、保安官たちが一斉に動き出した。

4

小型艇で機が沈んだ真上まで来ると、

「バディを迎えに行こう」

嶋が大輔に声をかけた。大輔が無言でうなずき、それに応《こた》える。

二人は海面を見下ろした。

「水面よーし!」

同時に確認の声を上げる。

206便が消えた海底に向かって、二人は続けてダイブした。


突然装備を身につけ始めた服部の様子を、美香は、驚きと戸惑いの表情で見つめた。

——機はすでに海底に沈んだ。吉岡くんも死んでしまった。これ以上あえて危険を冒す必要があるんだろうか。

しかし、ゴムボートから見回すと、どの巡視船の上でも、海上保安官たちが慌ただしく動き回っているのが見えた。誰もが吉岡のため行動を起こしている。

機が沈没した場所に小型艇がやって来たかと思うと、潜水士が二人並んで立ち上がった。ひとりは仙崎さんだろうか。バディである吉岡くんを探しに行くのだろう、と思った。

小型艇から二人が海中にダイブすると同時に、

「水面よーし」

横で声が聞こえた。

見上げると、さっきまで目を赤く腫らしていた服部が、今は鬼気迫る顔つきで海面を見下ろしている。その顔は、すでに海上保安官に戻っていた。

マウスピースを口にくわえると、服部はゴムボートの端から飛び降りた。

美香は胸の前で手を組んだ。吉岡を見つけ出してくれることを祈った。

〈皆さん、ご覧頂けますでしょうか〉

レポーターが驚きの声を上げた。

〈海上保安庁の潜水士たちが、次々に飛び込んでいます。２０６便に残された特救隊員を捜索するんでしょうか。しかし、機体が沈んですでに十分が経過しています〉

――十分。

それではやはり助かる見込みはないだろう、とまず環菜は考えた。しかし、すぐに思い直した。

――大輔くんは、きっとあきらめていない。

たとえ生存の確率が一パーセント以下であっても、大輔くんなら絶対にあきらめたりはしないはずだ。

全員の命を助ける――。その信念が、きっと奇跡を起こしてくれる。

環菜はそれを信じた。

5

巡視船からの明かりが届かない場所まで潜ると、辺りはひっそりと闇《やみ》に閉ざされた。聞こえてくるのも自分の呼吸音だけになる。さっきまでの喧騒《けんそう》がまるで嘘《うそ》のようだ。

――冷静に、冷静に……。

大輔は、それだけを自分に言い聞かせていた。

水深六十メートルでは何が起きるかわからない。大きな動揺は身体に変調をきたす恐れがある。それは死に直結する。

この目で確かめるまで、吉岡の死を認めるつもりはない。しかし、生存している可能性がほとんどないことはわかっていた。親友の死体を目の当《ま》たりにすることを覚悟しなければならない。そして、そうなったときにも、取り乱すことなく冷静に対処しなければならない。横にいる嶋の存在はありがたかった。この場合、一番頼りになるバディといって間違いない。

嶋が真下を指差した。薄《うっす》らと機体が見えている。

近づいて見ると、吉岡がいる機体の後方部は、先に沈んだ前方部に乗っかるようにして沈んでいるようだった。しかも、機の腹の部分が上になっている。海中で天井と床が逆さまになったようだ。

機体のすぐ横まで降りると、嶋が、最後尾に近いドアの部分をライトで照らした。ぽっかりと穴が空いたようになっている。そこから機内に入り込む。

座席が頭上に連なっているキャビン内は、土煙が舞っていてほとんど視界がなかった。浮遊物を搔き分けながら、手さぐりでゆっくりと進んで行く。

すぐ先に瓦礫《がれき》の山ができていた。側《そば》に寄り、ライトを向ける。

大輔は目を剝《む》いた。

瓦礫の間に『YOSHIOKA』という文字が見えた。

さらに確認しようと覗き込むと瓦礫の下で、吉岡がうつ伏せに倒れていた。

嶋といっしょに、上に積み重なっているものをどかし始める。

すると、ふわり、と何かが浮いた。

マウスピースをくわえているにもかかわらず、大輔は声を出しそうになった。

それは、腕だった。障害物がなくなったため、吉岡の腕が浮き上がったのだ。

見慣れた長い腕が、力なく海中を漂っている。

――やはりダメだったか。

大輔はその手を握った。

何度も拳《こぶし》を合わせ、握手を交わし、腕相撲で競い合った、親友の手。それをしっかり握り締め、目を閉じた。

そのときだった――

最初大輔は、気のせいだと思った。吉岡の指先が動いたように感じたのだ。

まさか、と思いながら目を開け、握った手に視線を向ける。

今度は気のせいではなかった。弱いがはっきりと、吉岡の指が握り返してくる。

慌てて瓦礫を取り除き始める。何が起こったのかわからず、嶋は横で見つめている。

吉岡の上半身が浮き上がった。その背中に手をかけ、回転させる。

今度は嶋が声を上げそうになったのがわかった。ボコッと音を立てて、その口から大量の気泡が吐き出されたのだ。

吉岡は、口にチューブをくわえていた。それは、飛行機の酸素マスクのチューブだった。

口許《くちもと》から小さな気泡が漏れている。その細いチューブで、吉岡は酸素を確保していたのだ。絶対にあきらめない、生きたいと思う気持ちが、奇跡を起こした。

大輔が顔を近づけると、吉岡は薄らと目を開けた。朦朧《もうろう》としながらも見つめ返してくる。

大輔は、口からマウスピースを外し、吉岡の口にくわえさせた。

バディブリージング——。訓練では何度もしてきたが、こうして実際の現場で行なう意味はとてつもなく大きい。吉岡は、文字通り息を吹き返した。

次第に意識がはっきりしてくる。目の前にいるのが大輔だとわかり、その頬《ほお》がほころんだ。ゆっくりと何度か呼吸をしたあと、吉岡は、自らマウスピースを外して大輔に渡した。それをまた大輔がくわえる。二人は何度かそれを繰り返した。

浮上しよう、と嶋が合図を送ってきた。ＯＫのサインを出し、吉岡の身体を抱える。

機外に出ると、嶋は上に向かってライトを回した。そのままゆっくり浮上して行く。大輔と吉岡があとに続いた。

頭上では、たくさんの光が揺れていた。ライトを手にした大勢の潜水士が、減圧ステージを作って待ち構えてくれているのだ。

数人の潜水士が近づいて来る。真っ先に吉岡の横に来たのは服部だった。泣き笑いのような顔で吉岡を見ている。心配するな、というように、その頭を吉岡がなでた。

顔を上げると、仲間たちの姿がはっきりと見えた。

潜水士は大きな輪になり、その中に誘うようにライトを照らしてくれていた。揺れ動く光の輪は、まさに希望の光だ。

嶋が笑顔を向けてきた。大輔は、嶋が笑うのを初めて見た。

吉岡の身体を支えながら、大輔は仲間の許に向かった。

6

その報告を聞いたとき、最初は誰もが耳を疑った。

〈生きてます！〉

無線の声が、そう伝えてきたのだ。

「生きてる?」

伊勢原は素《す》っ頓狂《とんきょう》な声を上げた。

下川はすぐに無線を手にした。

「生きてる? 吉岡が生きてるのか?」

そんなばかな、と思った。そんなことが起きるはずはない。

〈生きてます!〉

繰り返すその声は興奮に上ずっている。それを聞いて、下川はようやく確信した。

——吉岡は生きている。

「いったい、どうやって——」

〈酸素マスクです。吉岡は、機内の酸素マスクで呼吸を確保していました〉

対策室がどよめいた。

「そうか!」

堂上がデスクを拳で打ちながら立ち上がる。

逆に伊勢原は、全身から力が抜けたかのように、へなへなと椅子《いす》に腰を下ろした。

「そんな手があったのか……」

つぶやいたその顔に笑みが広がった。

「吉岡……」

無線を手に、下川は天を仰いだ。

大輔の顔が脳裏に浮かぶ。

——あいつの、何があっても絶対にあきらめない気持ちが、また奇跡を呼び起こしたのかもしれない。

そう思った。


美香は思わず目を見開いた。

〈生きてます〉

確かに無線の声はそう言った。

弾《はじ》かれたように、横にいる海上保安官に顔を向ける。

生きてます——、と無線は繰り返している。

ついさっき、ひとりで浮上してきた潜水士が、小型艇の乗組員に向かって何かを伝えていた。その乗組員は慌てて無線を手に取っていた。あれは、吉岡くんが生きているという報告だったのか。

——吉岡くんが生きてる。
冷え切っていた身体に血が巡り始めた。固まっていた手足が動く。
ゴムボートから身を乗り出すと、美香は海面に目を向けた。

7

海から腕が突き出された。
また一本、続いて二本——。その数がどんどん増えていく。
「ああ……」
環菜は両手で口を覆った。
潜水士たちの輪の中心に浮上してきたのは、大輔だった。その横には吉岡もいる。
機内に閉じ込められていたのは、やはり吉岡だったのだ。それを大輔が救い出した。
潜水士たちが、揃《そろ》ってOKマークを作っている。
〈無事生還しました！〉
レポーターは興奮した口調で伝えた。
〈海上保安官は無事です！　海底に沈んだ206便から無事帰ってきました。奇跡で

す！　奇跡です！　こんなことがあるんでしょうか。私たちは今、奇跡を――〉

「パパー！」

大洋が大喜びで手を叩く。

涙が溢《あふ》れ出した。

「パパ、やったね」

画面に映る大輔の姿を追いながら、環菜は、大洋の小さな身体を力いっぱい抱き締めた。


〈潜水士、全員浮上！〉

巡視船のスピーカーから聞こえた報告に、海上保安官だけでなく、警察官や消防士、漁船や作業船の乗組員、さらには救助された乗員乗客の間からも拍手と歓声が沸《わ》き起った。村松と二ノ宮も、笑顔で握手を交わしている。

美香は、あまりの感激に放心状態のまま、ゴムボートから巡視船に引き上げられた。

そこに、ひと足早く救助されていた俊介が駆け寄った。

「お姉ちゃん！」

ひとりで心細かったのか、泣きながら抱きついてくる。

我に返ると、美香は俊介の頭をなでた。

「ね。お姉さんが約束した通りになったでしょ?」

俊介がきょとんとした顔を向ける。

「きっとみんな助かる、って」

俊介は、顔をくしゃくしゃにしながらうなずいた。

——本当にその通りになった。

美香も笑った。

そして、早く吉岡くんに会いたい、と思った。

Ⅷ

1

沿岸には、赤十字のマークがついたテントがずらりと並んでいた。救助された乗客をはじめ、医師や看護師、消防・警察などの関係者でごった返している。

俊介の手を引いて巡視船を降り、迎えに来ていた祖母に預けると、美香は吉岡の姿を探した。きょろきょろと辺りを見回しながら、人ごみの中をぬって歩く。

海の近くに救急車が何台か連なっているのが見えた。美香はそこに向かって走り出した。

一番端に停《と》まっている救急車に、機長の村松が運び込まれようとしていた。横には身重の女性が付き添っている。奥さんだろう。

村松は、微笑《ほほえ》みながら妻の大きなお腹《なか》に触れた。妻が柔らかな笑みを返す。

それを見て、涙がこぼれそうになった。夫婦って、家族って、やっぱり素敵だと思った。

その救急車の前を通り過ぎたところで、美香は足を止めた。

吉岡がストレッチャーで救急車に運び込まれるところだった。横には服部が付き添っている。

「吉岡くん！」

声をかけながら駆け寄る。

吉岡が顔を上げた。美香に視線を向け、ぎこちない笑みを浮かべる。

「あッ……、えっと……」

服部は、ストレッチャーを押していた救急隊員に声をかけた。

「搬送先の件で、ちょっと。すみません、こっちへ」

言いながら、二人の隊員をストレッチャーから引き離す。服部の気遣いはありがたかった。

一対一で吉岡と向き合うと、堰《せき》を切ったように涙が溢《あふ》れ出した。

涙を流し続ける美香を前に、吉岡は戸惑っていた。

顔からは化粧が取れ、髪は海水でべたべたで、制服は煤《すす》と泥で薄黒く汚れている。

そんな姿で目の前で泣かれると、なんだか自分が悪いことをしているような気がする。

「ごめんなさい。私のせいで」

しゃくり上げながら美香が言った。

「無事でよかったな。本当によかった」

やっとそれだけ言葉を返す。

「私、吉岡くんに言わなきゃいけないことがあるの」

「もういいよ」

なんだか聞きたくない気がしてそう応《こた》えたが、

「高校のとき、両親が離婚したの」

それを無視し、やけに強い口調で美香は続けた。

「あのときから、結婚が幸せなものだって思えなくなった」

――は？

吉岡は眉《まゆ》をひそめた。いきなりどういう話の展開だ。

「でも、私は絶対、両親みたいにはなりたくないっていう気持ちもあった」

怒ったように言う美香に、

「そ、そうだよ。美香は美香じゃないか」

思わず同意の言葉を返す。

「でもダメだった」

今度は、美香は肩を落とした。

「え？」

泣いたり怒ったり落ち込んだり、話についていけない。

すると美香は、真《ま》っ直《す》ぐ吉岡を見つめた。

「私……」

唇を震わせ、

「私、バツイチなの」

言った瞬間、その顔が歪《ゆが》んだ。

「バッ――、バツ、イチ？」

吉岡は目を見開いた。

「二十二のとき結婚して、半年で別れた」

「ええーッ！」

思わず声を上げた。途端に怪我《けが》をしている背中に痛みが走り、顔をしかめる。

「やっぱり私もダメだった」

美香はまた泣き始めた。

「だから、恐いの。私と結婚しても、絶対吉岡くん、後悔する。だから……」

吉岡は音を立てて息を吐き出した。

びっくりはしたが、なんだか力が抜けた。そんなの、別れる理由にはなんないだろう、と思った。

「俺は自信がある。必ず美香のこと、幸せにする」

美香の手を握った。

「バツイチなんか忘れろよ。俺と二人で未来を見よう」

やけにキザなセリフだな、とすぐに思ったが、自然に口をついて出てきたのだから仕方がない。

相変わらずボロボロと涙をこぼし続けながらも、美香は嬉《うれ》しそうに笑った。手のひらで涙を拭《ぬぐ》うと、指の煤が顔につき、すでに化粧の取れていた目の周りは、さらに悲惨な状態になった。できそこないのパンダのようだ。

ひどくマヌケな顔だな、と思った。

でも、可愛《かわい》かった。髪から海水を滴らせ、よれよれの汚れた制服を着て、マヌケな顔で泣き笑いしている目の前の彼女が、いとおしくてたまらなかった。

握った手に力を入れると、吉岡も心からの笑みを美香に向けた。

2

「下川さん」

背後から声をかけられ、振り返ると、伊勢原が立っていた。

「よく頑張ってくださいました」

頬《ほお》を紅潮させながら握手の手を差し出す。下川は、その手をがっちりと握った。

「あの絶体絶命の状況から、乗員乗客を全員生還させるとは……。本当、ありがとうございました」

「いえ。我々は、自分たちの任務を果たしただけです」

下川はスクリーンに目を向けた。

今は、沿岸に作られた救護所の様子が映されている。

診察する医師や看護師、怪我人を搬送する消防隊員、ごった返す人や車を誘導する警察官——。

「206便の乗員乗客を救えたのは、ここにいる全《すべ》ての人たちの力が結集したからですよ」

今度は対策室を見回す。

航空会社や空港関係者、国交省、海上保安庁など、各担当者が事後処理に慌ただしく動き回っていた。

辻と坂巻が楽しげに話している。三井は、警察・消防の幹部と握手を交わしている。

堂上は、喫煙ルームでうまそうにタバコをふかしている。誰もが心からの笑みを浮かべている。

「みんなが、空の上の三百四十六名を救いたいと願い、あらん限りの力を注いでくれたからこそ、この大きな困難を乗り越えることができた。みんなの思いが、奇跡を起こしたんです」

伊勢原はうなずいた。

――思いがひとつになれば、奇跡は起きる。

再びスクリーンに目を向けると、改めて下川は思った。

3

大輔と嶋は、救護所の様子を並んで見つめていた。

医師と看護師が、次から次へとやって来る怪我人を診察している。

笑っている者、
泣いている者、
苦しんでいる者、
ぐったりしている者——。

救助された乗客たちの様子はさまざまだ。これから色々な問題も起こってくるだろう。

しかし今は、全員が生還できたことを喜ぶときだ。

「お前の言ってた通りになったな」

「え？」

大輔は、嶋のほうに首をひねった。

嶋の横顔は、救護所のライトに照らされてオレンジ色に染まっている。

「全員を救助できた」

嶋も大輔に目を向けた。

「お前は運だけの男だと思っていたが、どうやらそうでもないらしい」

「嶋さん……」

「でもな、レスキューで一番大事なのは」

「わかってますよ」

大輔が口を挟む。

「スキルと冷静な判断でしょ」

嶋は口許《くちもと》に笑みを浮かべた。

「それから」

右手の拳《こぶし》を握り、腕を伸ばして、大輔の左胸を叩《たた》く。

「ここだ」

大輔は、微笑みながらうなずいた。

嶋が認めてくれたことが嬉しかった。やっと特救隊の一員になれたような気がした。

家族との再会を喜んでいる人の姿が目にとまった。それを見ているうちに、環菜と大洋のことを思い出した。環菜はきっと心配しているだろう。

──俺も帰ろう。家族のところへ。

大きく一度伸びをすると、大輔は星空を見上げた。

エピローグ

海沿いに作られた散歩道を、大輔は大洋の手を引いて歩いていた。横にはもちろん、環菜もいる。

空は晴れ渡り、海は穏やかに凪《な》いでいる。前日にあんな大事故が起き、自分がその渦中にいたとはとても思えなかった。

「大洋ね。テレビ指差して、パパって言ったの」

不意に環菜が言った。

「え？」

驚いて環菜の顔を見る。

「大輔くんの仕事がわかったのよ。大人みたいな目でしっかり見てた、あの子」

「そうか」

二人の話に興味がないのか、大洋は海に顔を向け飛び跳ねるように歩いている。

「案外捨てたもんじゃないかも」

環菜は肩をすくめた。

「何が？」

「今の、この世の中」

大輔はうなずいた。

「そう。みんながあんなにひとつになれたんだ。信じられるものはたくさんあるよ」

大洋を抱き上げ、高い高いをする。

陽《ひ》の光を浴びながら大洋が笑った。なんの屈託もない笑顔だ。この笑顔がずっと続く世の中であってほしい、と心から思う。

「もう安心して産める」

環菜がお腹《なか》に手をあてた。そこに大輔が自分の手を重ね合わせる。

「待ってるからな。元気で産まれてこいよ」

お腹に顔を近づけ、呼びかける。

「ねっ、どっちか知りたい？」

「え？」

大輔は顔を上げた。

「男の子か女の子か」

「先生、教えてくれたの一？」

「うん」

「いや」

大輔は目を閉じ、首を振った。

「言わなくていい。どっちでもいいんだ。元気で産まれてくれれば」

「ふうん……」

環菜は思わせぶりな笑みを浮かべた。

「でも、ホントはどっちか知りたいでしょ?」

「知りたい!　どっちどっち?」

「あのね……」

言いかけて、突然環菜は背を向けた。そのまま足早に歩き出す。

「ちょっと、ちょっと」

大輔があとを追いかける。それを見て、大洋がキャッキャと声を上げる。

三人の笑い声が、澄み切った夏空にこだました。

——本書のプロフィール——

本書は、映画「BRAVE HEARTS 海猿」(原作/佐藤秀峰、原案・取材/小森陽一、監督/羽住英一郎)の脚本(福田靖)をもとに、著者が書き下ろしたノベライズ作品です。

小学館文庫

ブレイブハーツ　海猿《うみざる》

著者　大石直紀《おおいしなおき》　原作　佐藤秀峰《さとうしゅうほう》
原案・取材　小森陽一《こもりよういち》　脚本　福田靖《ふくだやすし》

二〇一二年六月十一日　初版第一刷発行

発行人　稲垣伸寿
発行所　株式会社 小学館
〒一〇一-八〇〇一
東京都千代田区一ツ橋二-三-一
電話　編集〇三-三二三〇-五一二三
販売〇三-五二八一-三五五五
印刷所――中央精版印刷株式会社

この文庫の詳しい内容はインターネットで24時間ご覧になれます。
小学館公式ホームページ　http://www.shogakukan.co.jp

Printed in Japan
ISBN978-4-09-408731-4